Die Kieberer, die Wohltäter und das Laster

Renate Götz Verlag

Das Pseudonym Ingo Klausenburg steht für ein Autoren-
duo. Sie, eine begeisterte Wienerin, kennt die Licht- und
Schattenseiten der Stadt mit ihren zahlreichen Facetten
aus eigenem Erleben. Er, ein pensionierter Polizeibeam-
ter, ist Wahlwiener und weiß berufliche Erfahrungen ein-
zubringen.

Ingo Klausenburg

Die Kieberer, die Wohltäter und das Laster

Siegfried Wagners erster Fall

Renate Götz Verlag

1. Auflage, 2021
Copyright © Renate Götz Verlag
A-2731 Dörfles, Römerweg 6
info@rgverlag.com
rgverlag.com

Covergestaltung unter Verwendung von Motiven von:
jchizhe, Unclesam, vladischern, alle Adobe-Stock, und Eva Denk

Layout, Cover- & Gesamtgestaltung: outLINE|grafik Eva Denk . outlinegrafik.at

Produktion:
printfinish Direktwerbung GmbH
1230 Wien, Tenschertstraße 3
printfactory.co.at

Produced in Austria

ISBN 978-3-902625-84-7

Der Polizei und allen WohlTäterInnen
in diesem Lande in tiefer Dankbarkeit gewidmet

Diese Geschichte ist frei erfunden. Sollten sich dennoch
Ähnlichkeiten mit lebenden oder verstorbenen Personen
finden, so sind diese zwar zufällig, aber unvermeidlich.

DIE WICHTIGSTEN PERSONEN
DER HANDLUNG

Siegfried Wagner, tüchtiger Major bei der Wiener Kriminalpolizei, findet großen Anklang bei der Damenwelt. Zu seinem Leidwesen nennen ihn alle Siggi.

Otto Dorazil, Gruppeninspektor, Wagners geschätzter und zuverlässiger Mitarbeiter. Eifriger Radio Burgenland-Hörer.

Evelyne, Wagners Nummer eins. Sehr karrierebewusst, steuert die Männer mehr, als diese es ahnen.

Jacqueline, Wagners Nummer zwei. Friseurmeisterin mit Hang zu Plüschbären, genannt die Vizin.

Bibbi, Vizevizin, betreibt mit Jacqueline einen Friseursalon.

Adonis Mitsotakis, Wirt eines Nobelgriechen im ersten Wiener Gemeindebezirk.

Michel Aziz, der Mr. Charity Business. Seine Karriere verläuft mit Höhen und Tiefen.

Rudi Nowak, drogensüchtiger Toy Boy, ehemals hübsch wie David. Ihm ist ein unschönes Ende beschieden.

Tristan Heydrich, junger, attraktiver Mitarbeiter von Planet 2020. Fundraising Officer, Evelynes Toy Boy.

Pater Hermann Sandauer, Verwaltungsdirektor der Filoxenia für Flüchtlingsbetreuung, mit Hang zu jungem, männlichen Blut. Wäre gerne Kardinal.

Die unbegleiteten minderjährigen Flüchtlinge, später UMFs genannt:

Njubu Ngoro, Migrant, sein Ende ist traurig und kommt rasch.

Hamed, Omar, Rahim und andere junge Migranten …

Sowie zahlreiche andere Mitwirkende, deren Namen am besten bei der Lektüre ermittelt werden …

Ein Tag, der morgens beginnt, kann nicht mehr gut werden
E. Hemingway

Er hatte wirr geträumt, konnte sich beim Aufwachen Samstag Früh aber an keine Details erinnern. Real waren nur der dumpfe Schmerz hinter der Stirn und die Übelkeit. Nur nicht speiben. Wenigstens kam frische Herbstluft durch die geöffneten Schlafzimmerfenster seiner geräumigen Altbauwohnung im neunten Wiener Gemeindebezirk. Die Wohnung war für einen Polizisten, dazu noch einen alleinstehenden, vielleicht etwas untypisch möbliert. Wagner liebte skandinavische Designermöbel, insgesamt war die Einrichtung eher sparsam – seine Kollegen meinten karg. Wagner sah darin den notwendigen Gegenpol zu seiner eher barocken Lebensweise.

Siegfried Wagner, Major bei der Wiener Kriminalpolizei, genauer beim EB 1 – Leib und Leben –, sah auf die Leuchtanzeige seines Radioweckers: fünf Uhr.

Es war gestern Abend wieder einmal spät geworden beim Griechen am Judenplatz, einem seiner Lieblingslokale. Das Essen war wie immer ausgezeichnet gewesen und der Wein auch. Wein aus Kreta. Eigentlich bevorzugte er Wachauer Rieslinge und Champagner, aber er war vielen Genüssen gegenüber offen und die Tropfen von Lyrarakis oder Dourakis waren wirklich gut. Wollte er sich merken.

Einschlafen würde er so schnell nicht wieder.

Es war eine Einladung gewesen. Vom Griechen, einem Freund, oder besser gesagt Bekannten, der seine kulinarische Schwäche kannte. Eine Schwäche, die er mit Wiens Polizeipräsidenten Pürzl teilte, was bisweilen zu scheinbar vertraulichen Gesprächen mit diesem über Wein und Essen führte. Seine unmittelbaren Vorgesetzten und Kollegen beobachteten dies misstrauisch: ein direkter Draht nach oben?

Eigentlich hätte Wagner die Einladung zum Essen nicht annehmen dürfen, da sie streng genommen mit seiner Tätigkeit bei der Kriminalpolizei zu tun hatte. Er wusste, dass seinem Gönner, der über einige Kontakte zu Halb- und Unterwelt verfügte, die fast freundschaftliche Bekanntschaft zu einem der leitenden Beamten im EB 1 die eine oder andere Einladung wert war. Auch wenn sie für diesen noch keinen konkreten Nutzen hatte. Aber wer weiß schon, was die Zukunft bringt.

So genau nahm es Major Wagner, den seine Kollegen natürlich Siggi nannten, nicht. Und seine Vorgesetzten würden es nicht erfahren, so hoffte er wenigstens. Andererseits war er einige Male bei anstehenden Beförderungen nicht zum Zuge gekommen, obwohl er recht erfolgreich und an der Aufklärung durchaus spektakulärer Fälle zumindest maßgeblich beteiligt war. Aber Unsinn. Wenn man ihm etwas vorzuwerfen hätte, würde man es ihn auch offiziell wissen lassen. So gut kannte er den Verein nach nun fast 20 Jahren Dienstzeit.

Und dann kamen doch noch mehr Erinnerungen an den vergangenen Abend in sein immer noch vom Alkohol leicht umnebeltes Gehirn: Er war ja nicht alleine beim Griechen gewesen. Evelyne, seine derzeitig unumstrittene Favoritin, hatte ihn begleitet. Wohl – zumindest nach derzeitigem Stand der Dinge – gewesene Favoritin. Eine äußerst unschöne Szene hatte es gegeben. Und recht lautstark war es zwischen ihm und Evelyne auch geworden. Die anderen Gäste im Lokal waren schon aufmerksam geworden. Und der Wirt, Adonis, hatte sie gebeten, den Streit etwas leiser auszutragen.

Peinlich. Was war der Grund für den Krach gewesen? Jacqueline, die Vizin – wie er sich wenig frauenfreundlich auszudrücken pflegte. Evelyne hatte von ihrer Existenz, wie auch immer, Wind bekommen. Und Vorwürfe hatte sie ihm deshalb gemacht. Einen Harem könne er sich halten, wenn er wolle. Aber nicht mit ihr. Ein Macho sei er, und zwar einer von der ganz üblen Sorte.

Und so hatte ein Wort das andere gegeben. Krisenbewältigung Fehlanzeige. Widerwärtiges Luder war das Letzte, was er ihr ziemlich laut an den Kopf geworfen hatte. Und das war es dann gewesen. Abtritt Evelyne – würde man im Theater sagen. Und der erhoffte Ausklang des Abends oder besser frühen Morgens bei Evelyne hatte sich erledigt. Ihre subtilen Praktiken im Bett, die ihm regelmäßig unerwartete Höhepunkte brachten, blieben Wunschvorstellung.

Apropos subtile Praktiken: Natürlich war Wagner nicht der Einzige, der in den Genuss der Kunststückchen kam. Aber das wusste nur Evelyne. Und sie entschied, mit wem sie sich ihre Männer teilte, Harem unter verkehrten Vorzeichen sozusagen. Besser, dass Wagner davon nichts ahnte. Es hätte seinem Ego und Weltbild mit klaren Rollenverteilungen, was Männer und Frauen anbelangte, einen herben Schlag versetzt. Und das wollen wir unserem Helden doch ersparen. Vorerst wenigstens.

Blieb derzeit also nur noch die Vizin, Jacqueline. Leider nicht ganz so talentiert. Aber besser, den Spatz in der Hand …

Mehr Sorge als diese doch sehr unerfreuliche Sache bereitete ihm aber sein momentaner Zustand. Alles andere würde sich irgendwie regeln lassen. Hatte doch meistens ganz gut funktioniert.

Ein Schluck Wasser wäre gut. Er hatte es wieder einmal versäumt, sich Wasser für die Nacht ans Bett zu stellen. Und aufs Klo musste er auch. Also auf ins Bad.

Beim Aufstehen wurde ihm etwas schwindlig. Nun ja, alles hat seinen Preis. Im beleuchteten Badezimmerspiegel sah er sein trotz des angeschlagenen Zustandes noch recht jugendliches Gesicht. Für fast 40 ganz zufriedenstellend. Die (für einen Polizeibeamten, wie seine Chefs meinten) ziemlich langen, immer noch fast schwarzen Haare trug er normalerweise leicht gegelt und zurückgekämmt. Nun hingen sie etwas wirr nach unten. Über eins achtzig groß und dank regelmäßiger Besuche im Fitnessstudio des Polizeisportvereins einigermaßen schlank, wirkte er fast sportlich. Besonders stolz war er immer noch auf seine für einen Mann überaus wohlgeformten Beine, für die ihn manche Damen anhimmelten. Ein zaghaft beginnender Bauchansatz beunruhigte ihn noch nicht – und die zahlreiche weibliche Bekanntschaft, derer er sich erfreute, offenbar auch nicht.

Jetzt, Anfang Oktober, war er immer noch sonnengebräunt. Folge der zahlreichen Segelausflüge, die er in seinen freien Stunden auf dem Neusiedler See unternahm. Manchmal erforderten auch seine Ermittlungen solche Ausflüge. Um die aufzuklärenden Fälle aus einer anderen Perspektive zu sehen. So beurteilte zumindest er diese Extravaganzen. Das Segelboot gehörte einem Freund, oder besser Bekannten, dessen Motivation für die Großzügigkeit ähnlich wie im Falle des griechischen Lokals gelagert war. Aber wie schon erwähnt, so genau sah es Wagner nicht. Und seine Erfolge verdankte er nicht zuletzt auch diesen Verbindungen. Und wirkliche Dienstgeheimnisse zu verraten käme ihm niemals in den Sinn.

Sein Motto lautete: Wer immer korrekt ist, wird kaum Erfolg haben, und nur wer ein guter Gauner wäre, kann auch ein guter Ermittler sein. Man muss nur auf der richtigen Seite sein.

Nachdem er zwei Becher Wasser mit einer Kopfschmerztablette getrunken hatte, verbesserte sich sein Zustand merklich. Vielleicht sollte er es zumindest doch noch für zwei, drei Stunden mit Schlafen versuchen.

Alte Menschen werden oft durch Geld anziehend und liebenswert

A. Smith

Plötzlich riss der Signalton des Smartphones Siegfried Wagner aus seinen Betrachtungen. Das Jägermotiv aus Webers Freischütz. Bei seinen Kollegen löste sein Klang immer Heiterkeit aus. Er aber fand es passend für einen, der Verbrecher jagt und sich auch im Hinblick auf die Damenwelt öfter auf der Pirsch befand.

Seufzend wischte er über das Display. Eigentlich konnte es nur dienstlich sein. Fremde oder Bekannte riefen so früh nicht an und seine Verehrerinnen befanden sich um diese Uhrzeit entweder in seinem Bett oder belästigten ihn nicht am Telefon.

„Ich bin es, Otto", meldete sich etwas aufgeregt Otto Dorazil, sein geschätzter und zuverlässiger Mitarbeiter.

Nach Wagners Meinung ließ es der eifrige Heurigenbesucher und enthusiastische Radio Burgenland-Hörer Dorazil bisweilen an der nötigen Lässigkeit und Kreativität fehlen. Trotzdem schätzte er Otto wegen seiner zuverlässigen und bodenständigen Art sehr. Otto gab am Handy atemlos eine kurze Schilderung des Sachverhalts: „Raubüberfall. Üble Sache, sieht nicht gut aus, die arme, alte Frau!"

„Otto, ich bitte dich, komm zur Sache! Erzähl mir kurz und knapp, was passiert ist", unterbrach Wagner den zu einer langatmigen Erklärung ansetzenden Otto.

„Ist ja gut, Siggi! (Wagner liebte es überhaupt nicht, Siggi genannt zu werden. Aber immer noch besser als das infantile Siggilein mancher Verehrerinnen.) Eine alte Dame ist auf dem Nachhauseweg vom Burgtheater auf der Straße vor ihrem Haus in der Schottengasse niedergeschlagen und vermutlich ausgeraubt worden. Hat eventuell einen Schädelbruch und es besteht Lebensgefahr. Ich hole dich sofort ab."

„Gib mir bitte zehn Minuten zum Anziehen", erwiderte Wagner und unterdrückte einen herzhaften Fluch. Das hat mir gerade noch gefehlt, dachte er. Alle Pläne dahin.

Es war Samstag. Zwar hatte er ab Mittag Bereitschaftsdienst, aber innerlich doch gehofft, von Einsätzen verschont zu bleiben. Später hatte er sich mit Evelyne, seiner derzeitigen Favoritin, besser gewesenen Favoritin, treffen wollen und sein einfaches, oft bewährtes Programm klar vor Augen gehabt: kleines Mittagessen in einem italienischen Lokal in der City. Nur ein, zwei Achterl – auch, aber nicht nur wegen der Bereitschaft. Und dann in Evelynes tolle Wohnung im zweiten Bezirk. Na ja, und dann.

Alles dahin, wieder einmal.

Dieses Mal in doppelter Hinsicht. Blieb die Vizin. Muss mich noch bei ihr anmelden, wird sicher sehr erfreut sein.

Obwohl er mit Leib und Seele Polizist war, dachte er in diesen Situationen manchmal an ein beschauliches Leben als Beamter bei der Wiener Stadtverwaltung – so wie es sich seine Eltern für ihn vorgestellt hatten. Wahrscheinlich tödlich langweilig. Solche Gedanken waren deshalb auch nur von sehr kurzer Dauer.

Seufzend verdrängte er diese Betrachtungen und schlüpfte schnell in seine Kleidung, die er am Abend achtlos im Schlafzimmer verteilt hatte.

Seine Dienstwaffe lag im Schreibtisch in seinem Bürozimmer. Vergessen. Typisch. Auch egal, werde sie kaum brauchen, dachte er. Er zog sich seine gefütterte Lederjacke an, griff nach dem Handy und hastete, ohne die Wohnungstür abzuschließen, von seiner im zweiten Stock liegenden Wohnung durch das menschenleere Treppenhaus.

Die Berggasse war wie ausgestorben. Es hatte leicht geregnet und ein unangenehmer Wind ließ ihn frösteln. Die Scheinwerfer eines einzelnen Autos leuchteten auf. Schon auf die Entfernung erkannte Wagner den Dienstwagen. Obwohl neutral, war er so auffällig unauffällig. Und wer sollte sonst um diese Zeit unterwegs sein?

Der Wagen hielt neben ihm. Wagner öffnete die Beifahrertür: „Guten Morgen, Otto, auch schon wach?" Ein müder Versuch, scherzhaft zu sein.

Otto sah angespannt aus. „Komm schon Siegfried, wir haben es eilig!"

Wagner ließ sich auf den Beifahrersitz fallen und die Wagentür fiel energisch und laut ins Schloss, was der ordentliche Otto mit einem stummen Kopfschütteln quittierte.

„Wieso eilig, erst einmal möchte ich Genaueres wissen", knurrte Wagner mürrisch. „Das Theater muss doch

schon seit zig Stunden aus sein. Hat die Dame eine Nacht-
wanderung gemacht, wurde sie erst jetzt gefunden oder
warum erfahren wir so spät von der Sache?"

„Sah am Anfang nicht so schlimm aus für die Dame.
Aber dann kamen den Kollegen doch Bedenken und die
Zentrale meinte, es wäre besser, uns zu verständigen. Es
gibt übrigens keine Zeugen, also auch keinerlei Hinweise
auf einen Täter. Ein junger Mann hat die Frau gefunden
und sofort die Rettung alarmiert."

„Na prima, vermutlich keine Spuren gesichert oder
alle nach bewährter Manier vernichtet und wir müssen
jetzt wieder das große Puzzlespiel beginnen, um überhaupt noch etwas Brauchbares herauszufinden. Woher
wissen wir überhaupt, ob es sich um einen Überfall
gehandelt hat und die gute Frau nicht einfach gestürzt
ist?"

„Du hast recht. Davon ging die Rettung zunächst auch
aus. Aber da es nicht so gut aussah, war der Notarzt vor
Ort und der hat sofort festgestellt, dass die Verletzungen für einen Sturz atypisch waren. Dann haben die uns
verständigt. Die Streife ist gleich hingefahren, da lag
die Dame schon im Krankenwagen. Sie wurde ins AKH
gebracht. Die Kollegen haben die Infos vom Notarzt, der
musste aber gleich zum nächsten Einsatz. Und jetzt liegt
sie auf der Intensivstation. Das Ganze war um 23 Uhr.
Das war's. Ach ja, die Handtasche lag mit ausgestreutem
Inhalt auf dem Trottoir. Da war auch ein Ausweis dabei.
Eva Jelinek heißt sie, wohnt in der Schottengasse 12 und
ist Jahrgang 1940."

„Na servas, vor sechs Stunden. Und dann holen die uns jetzt aus den Federn. Die Fahrt in die Schottengasse können wir uns sparen. Da wird nichts zu holen sein. Lass uns ins AKH fahren. Vielleicht werden wir dort etwas erhellt. Gibt es irgendwelche Angehörigen, die verständigt werden müssen? Sollen wir eigentlich jeden Scheiß selbst machen? Otto, sag's mir und fahr los!"

Wagners Laune wurde zusehends schlechter. Und zu allem Überfluss ließ die Wirkung des Kopfwehpulvers schmerzhaft spürbar nach. War Aspirin nicht mehr das Mittel der Wahl? Oder war dem griechischen Wein doch nicht zu trauen? Egal, im Augenblick nicht zu ändern.

Nach kurzer Fahrt tauchten die wuchtigen Blöcke des AKH vor ihnen auf. Eigentlich ein vertrauter Anblick, Wagner bereitete das Betreten aber jedes Mal Beklemmung und Unwohlsein. Tritt ein, lass alle Hoffnung fahren, waren seine Gedanken.

Nachdem sie den Dienstwagen auf einem „Nur für Ärzte" reservierten Parkplatz abgestellt hatten, gingen sie zur Leitstelle.

„Dr. Anhuber, was kann ich für Sie tun?", stellte sich der noch blutjunge Assistenzarzt auf der Intensivstation vor. Sie zeigten ihre Dienstausweise und fragten nach Frau Jelinek.

„Ja, die liegt hier bei uns. Sie hatte mehr als einen Schutzengel und kann noch mal Geburtstag feiern. Wir haben sie zwar noch zur Beobachtung hier, werden sie aber spätestens morgen auf die normale Station verlegen. Und wenn alles gut verläuft, wird sie in ein paar Tagen nach Hause gehen können. Als sie eingeliefert wurde, sah es auf den ersten Blick nicht gut aus. Sie hatte am Kopf ein beachtliches Vulnus lacero-contusum und es bestand Verdacht auf ein SHT."

Dr. Anhuber lächelte die beiden Beamten an, Wagner meinte eine gewisse Überheblichkeit zu erkennen. „Sie hatte eine ordentliche Platzwunde und ein Schädel-Hirn-Trauma war zu befürchten. Wir haben sofort ein MRT gemacht. So blieb es zum Glück bei der Platzwunde und einer Contusio capitis, äh, einer Schädelprellung", ergänzte er vorsichtshalber. „Halb so schlimm."

„Können wir trotz der frühen Stunde zu ihr? Vielleicht kann sie sich an irgendetwas erinnern, was uns weiterhilft." Wagner wirkte leicht gereizt und tatsächlich war er der Ansicht, das Bürschchen von Doktor könnte ruhig deutsch mit ihnen reden und sich seine medizinischen Fachausdrücke sonst wohin schieben. Aber Unfreundlichkeit half jetzt gar nicht.

„Durchaus. Wenn sie wach ist, wird sie sicher gerne mit Ihnen sprechen. Aber nicht zu lange."

Eva Jelinek war tatsächlich wach und begrüßte die beiden Beamten trotz des dicken Kopfverbandes mit einem freundlichen Nicken. Nachdem sie sich vorgestellt hatten, kamen die üblichen Fragen.

„Nein, leider kann ich mich an gar nichts erinnern. Ich war im Theater. Ich habe ja ein Abonnement. Es gab ‚Die Schutzbefohlenen' von Elfriede Jelinek. Lustig, weil ich auch so heiße. Das Stück allerdings nicht. Ich meine, es war nicht lustig. Es war eine einzige Zumutung und ich überlege, das Abonnement zu kündigen. Die Theaterstücke gefallen mir überhaupt nicht mehr. Und die scheußliche Bühnengestaltung!"

Wagner blickte verzweifelt zur Decke, als ob von dort eine Erleuchtung kommen könnte. „Ich meine, können Sie sich an die Tat erinnern?"

„Nein, ich glaube, ich habe den Haustürschlüssel aus meiner Handtasche geholt und dann bin ich hier aufgewacht. Aus meiner Handtasche fehlt das Portemonnaie, da waren vielleicht 100 Euro drin. Sonst vermisse ich nichts. Selbst der Wohnungsschlüssel ist noch da. Ich lebe ja allein und hätte dann doch Angst, dass ich ungebetene Gäste bekomme."

„Gut, Frau Jelinek. Ihre Angaben müssen noch schriftlich aufgenommen werden. Wir melden uns. Sicherheitshalber sollten wir schnell überprüfen, ob in Ihrer Wohnung alles in Ordnung ist. In den nächsten Stunden kommt ein Kollege vorbei und gibt Ihnen auch Tipps, wie Sie sich weiter verhalten sollen."

Das wird ja immer schöner, dachte Wagner. Und wegen so einem Routinefall lassen die uns ausrücken. Er sah auf seine Armbanduhr: sieben Uhr. Da hilft nur die Bärchenhöhle …

Die Männer, die am besten mit Frauen auskommen, sind dieselben, die glänzend ohne sie auskommen

G. C. Lichtenberg

Wagner ließ sich mit einem Seufzer auf den Beifahrersitz des Dienstwagens fallen.

„Otto, das ist ein Scheißfall, jedenfalls habe ich ein ungutes Gefühl. Setz mich bitte bei Jacqueline in der Schönbrunner Straße ab. Nimm du den Dienstwagen mit, du kannst ihn bei dir zu Hause besser abstellen. Wir haben ja Rufbereitschaft. Und jetzt erst einmal eine Runde schlafen und morgen Früh sehen wir weiter. Für den Augenblick ist alles erledigt, finde ich."

Wagner wusste genau, dass der Fall Otto keine Ruhe lassen würde und dieser nach ein paar Stunden Schlaf wieder in der Dienststelle ermitteln und recherchieren würde. Ottos Frau brachte dieser Eifer zur Verzweiflung, Wagner schätzte diese Eigenschaft, auch wenn sie ihn manchmal etwas nervte.

Aber jetzt war zuerst etwas Ruhe angesagt. Oder erst einmal etwas körperliche Betätigung und dann die Ruhephase. Bei oder besser mit Jacqueline.

Die Vizin wohnte in einer gar nicht so kleinen Gemeindebauwohnung, die sie vor Jahren von ihren Eltern übernommen hatte, in der Schönbrunner Straße.

„Aha", meinte Otto vieldeutig. „Nix Evelyne? Gibt's da Probleme?" Otto grinste anzüglich.

„Allerdings! Sie zickt, weil sie von Jacquelines Existenz erfahren hat. Weiß der Teufel, wie. Ein bisserl naiv von ihr zu glauben, die Einzige zu sein. Und damit hat sie halt ein Problem, hätte sie ruhig lockerer sehen können", erläuterte Wagner, mal wieder ganz der alte Macho.

Wagner mochte gar nicht daran denken, wie der Streit verlaufen wäre, wenn Evelyne auch noch von seiner derzeitigen Dritten, Bibbi, erfahren hätte. Vermutlich hätte sie ihn körperlich attackiert. Bibbi war die Garantin dafür, dass auch der unwahrscheinliche, aber doch im Bereich des Möglichen liegende sexuelle Aus- oder Notfall abgesichert war. Sedativum für Macho-Hirne sozusagen. Von Bibbis Existenz wusste nicht einmal Otto, der für gewöhnlich in Wagners Liebes- und Frauenwelt gut eingeweiht war.

Lieber Siggi, vielleicht bist du bei deinen Lieben auch nicht der Einzige, dachte Otto, behielt dies aber lieber für sich. Wenn es um sein männliches Selbstverständnis ging, war der sonst so coole Siggi etwas mimosenhaft. Und nichts brauchten sie im Augenblick weniger als Streit. Also auf, in die Schönbrunner Straße!

Zunächst aber noch einige Informationen über Jacqueline, bevor der Herr Polizeimajor dort eintrifft.

Jacqueline war Friseurin. Sogar die Meister- pardon Meisterinnenprüfung hatte sie in diesem Handwerk abgelegt. Zusammen mit ihrer Freundin Sabine, die allgemein Bibbi gerufen wurde (in der Tat handelt es sich um die eben Erwähnte), betrieb sie recht erfolgreich den

Damensalon Angelika in der Korbergasse – recht praktisch, in der Nähe ihrer Wohnung.

Apropos Damensalon: Natürlich wurden Herren aus dem Bekanntenkreis bedient. So auch Wagner. Von Bibbi. Und da er von Bibbis haarschneiderischem Tun recht angetan gewesen war, vermutete er weitere Talente bei ihr. Und war nicht enttäuscht worden, im Gegenteil ...

So war das gewesen, vor einiger Zeit. Bibbi wusste übrigens sowohl von Evelyne als auch von Jacqueline. Evelyne kannte sie nicht und sie war ihr egal. Und um das Fundament ihres gemeinsamen geschäftlichen Erfolges nicht zu gefährden, schwieg sie zu Jacqueline. Dies aber nur nebenbei. Nun zurück zu Jacqueline.

Der Salon Angelika war ein wesentlicher Teil von Jacquelines Leben. Ein weiterer, nicht unbeträchtlicher, wurde von ihrer gigantischen Plüschbären-Sammlung beansprucht.

Diese Menagerie ästhetischer Unsäglichkeiten bevölkerte Jacquelines Wohnung in allen Größen, Farben und Materialien in einem Maße, das für lebende Bewohner den Raum langsam eng werden ließ. Die einzelnen Exemplare bekam sie von überall her. Schießbude, Kundinnen, Freunden und Freundinnen, vom Flohmarkt. Die Menge schien das Ziel.

Sonst gibt es über Jacqueline nicht viel zu sagen. Sie hatte eine recht hübsche, leicht zur Pummeligkeit neigende Figur, echt blonde mittellange Haare und schöne blaue Augen. Und Sex machte ihr zu Wagners großer Freude eigentlich immer Spaß.

In der Schönbrunner Straße angekommen verließ Wagner betont sportlich den Dienstwagen. „Bis später, Otto. Wir sind ja über unsere Handys immer erreichbar. Aber eigentlich sollten wir bis morgen Früh Ruhe haben. Ich bin ab sieben in der Dienststelle. Bitte ruf mich um sechs Uhr abends dienstlich an, unbedingt! Mach's gut und schlaf schön", grinste Wagner Otto an.

Gut. Das üppige Haupthaar geglättet, ein schneller Blick in den Taschenspiegel – so was führte der eitle Herr Major tatsächlich immer mit – und dann das vereinbarte Klingelzeichen gedrückt. Dies hatten die beiden so vereinbart. Die Vizin konnte Wagner dann nach Lust und Laune im entsprechenden Outfit in Empfang nehmen. Oder ganz ohne. Kam auch vor.

Wagner ignorierte den Aufzug und ging flott und federnd die Stufen zum dritten Stock hinauf. Immer gerade so, dass er nicht außer Atem kam. Der sportliche Eindruck wollte doch vor der Vizin gewahrt bleiben!

Jacqueline empfing Wagner in einem (nach seinem Geschmack) außerordentlich scheußlichen lachsfarbenen Kunstseiden-Hausmantel, der verführerisch geöffnet war. Nun, Polizisten sagt man bisweilen einen Hang zum Ordinären nach. Auf Wagner – sonst der Ästhet – traf dies jedenfalls zu. Dazu trug sie keine Bärenpantoffeln, was ja stimmig zur übrigen Wohnung gepasst hätte. Nein, es waren im Ton passende lachsfarbene Pantoletten mit Plüschapplikationen. Der Wahnsinn, dachte Wagner, spürte aber schon ein leichtes Pochen in der Leistengegend. Der geöffnete Hausmantel war es, der ihn erregte.

Nun, im Wissen, was von ihm erwartet wurde, entledigte sich Wagner ohne größere Umschweife seiner Bekleidung und folgte Jacqueline auf dem Fuß ins rosafarben gestrichene Schlafzimmer. Schnell noch Platz geschaffen und einige Lieblingsbären aus dem Bett geräumt.

Eine weitergehende Schilderung der Ereignisse sei der Phantasie des Lesers überlassen.

Jedenfalls waren beide nach einer guten Stunde eifrigen Wirkens sehr zufrieden. Wagner überkam sofort eine bleierne Müdigkeit und er war dankbar, dass sich Jacqueline mit einem Seufzen eng an ihn kuschelte und offensichtlich keine weiteren Aktivitäten mehr erwartete. Die letzten Stunden und der vorhergehende Abend waren genug für ihn gewesen.

Wagner schloss erschöpft die Augen und im Hinüberdämmern in den Schlaf meinte er ein kumpelhaftes Augenzwinkern des großen pinkfarbenen Bären neben der Schlafzimmertür gesehen zu haben.

Wagner träumte, im grünen Jagdgewand mit geschulterter Büchse durch einen Wald zu streifen und einem – für ihn nicht sichtbaren – Wild nachzueilen. Durch einen Nebel meinte er, die Töne von Webers Freischütz zu hören, und realisierte sehr schnell, dass dies der Anrufton seines Diensthandys war, der wohl die letzten Traumbilder verursacht hatte. Mit dem Ausruf „Scheiße" wälzte er sich über die leise aufstöhnende Jacqueline, um nach seinem auf deren Nachttisch liegenden Gerät zu greifen.

„Wagner hier, ich höre", grunzte er immer noch schlaftrunken auf Ottos vorbestellten Anruf zur Rettung aus dem Plüsch und aus Jacquelines Fangarmen.

„Ich bin's, Otto. Anruf wie von dir bestellt."

„Lass mir eine halbe Stunde Zeit", meinte Wagner, froh über die Ausrede. „Ich stinke wie ein Moschusochse und sollte dringend duschen." Leise ächzend verließ Wagner das Bett und wollte sich Richtung Badezimmer bewegen, in der Hoffnung, von Jacqueline unbehelligt zu bleiben.

„Bärli, liebstes Siggibärli!", flötete Jacqueline schlaftrunken. „Du willst mich doch wohl noch nicht verlassen?"

„Das Verbrechen schläft nie! Unsere Spielchen müssen der Pflicht weichen, aber du kannst gerne mit mir unter die Dusche kommen, das würde dir auch nicht schaden", erwiderte Wagner etwas heftig, denn es verursachte ihm Übelkeit, wenn sie ihn so nannte.

„Na toll", maulte Jacqueline und folgte ihm zielstrebig unter die Dusche, um einige von ihr verinnerlichte Hollywoodszenen in die Tat umzusetzen. Ihre Dusche war durchaus geräumig und bot zwei Personen Platz für entsprechende Aktivitäten. Die Praxistauglichkeit der Einrichtung hatte Jacqueline bereits mit verschiedenen Partnern erfolgreich erprobt, ohne dass dafür allzu sportliche Fähigkeiten Voraussetzung gewesen wären.

Nachdem es (für Jacqueline bedauerlicherweise trotz all ihrer Bemühungen) bei einem recht kurzen Duschvergnügen geblieben war, meinte Wagner, während er sich abtrocknete, mit einem rosafarbenen Bärchenhandtuch, das ihm ästhetisch als Gipfel der Geschmacklosigkeit erschien, das er sich aber dennoch um seine Hüften wickelte: „Jetzt brauche ich einen starken Kaffee!"

Er begab sich zum Kaffee in die Küche und sinnierte über die seltsamen Eindrücke, die ihm diese Wohnung wieder einmal vermittelte. Überall Rosa und Plüschbären. Innendekorationsstil nicht genügend, aber ihre Stärken liegen auf anderen Gebieten. Wobei er einen sehnsüchtigen Vergleich mit Evelynes Vorzügen nicht unterdrücken konnte.

Während er aus einem braunen Bären seinen Kaffee schlürfte und dabei aus dem Fenster sah, dachte er sich: Ich muss hier schnellstens heraus. Nüchtern, im kalten Licht des Tages und außerhalb des Bettes krieg ich hier die Krise!

Im Schlafzimmer gelang es Wagner nur unter größerer Kraftanstrengung, die durchaus geschickt und mit beachtlichem Körpereinsatz vorgetragenen Annäherungsversuche Jacquelines abzuwehren und sich zu bekleiden. Allzu grob durfte er bei der Gegenwehr nicht werden, um es sich mit ihr nicht zu verderben. Endlich fertig bekleidet gab er Jacqueline einen flüchtigen Kuss und verließ mit einem „Bis bald, mein Schatz!" die rosa Plüschhölle in Richtung Berggasse.

Die angenehmsten Menschen sind jene, die nie gelebt haben

E. A. Poe

Michel Aziz blickte zufrieden hinter seiner hochmodischen Dior-Sonnenbrille am Donnerstag in die frühabendliche Welt am Wiener Graben. Natürlich musste es der Gastgarten des Café Segafredo sein, wo sich die Bussi-Bussi-Gesellschaft traf. Ein Stückchen weiter befand sich das Schwarze Kameel, das ebenfalls als Treffpunkt der In-Gesellschaft anerkannt war, aber wer dort nicht Champagner oder ein Glas Wein trank, wurde scheel beäugt. Deshalb das Segafredo, schließlich nach einer Kaffeemarke benannt und deswegen auch von den Snobs frequentiert, um möglichst maniriert an den kleinen Espressotassen, in der roten Markenfarbe gehalten, zu nippen.

„Ja da schau her, der edle Michel", näselte die Michel Aziz nur zu bekannte, verhasste und geliebte Stimme neben seinem Tisch.

Es durchfuhr ihn gleichzeitig heiß und kalt, dass es dieser verkommene Verbrecher wagte, ihn noch einmal anzusprechen. Nach allem, was er ihm angetan hatte!

Tausende Male hatte sich Michel Aziz ausgemalt, wie das Wiedersehen mit Rudi Nowak ablaufen würde. Er selbst überlegen, gelassen – Rudi erbärmlich und verkommen. Aber so nicht. So dreist schräg von der Seite. Plötzlich. Ohne Vorwarnung. Michel Aziz schluckte, vor Erregung hatte er plötzlich einen trockenen Mund und einen

Knödel im Hals. Er blickte von unten über den Rand seiner Dior-Brille und schaffte es „Jö, der Rudi, dich gibt's auch noch. Na so was, fast hätte ich dich nicht erkannt. Hast ein bisserl zugenommen und ein bisserl viel gekokst, gelt?" zu antworten.

„Ah Michel, direkt wie immer", grinste Rudi und war nicht aus der Ruhe zu bringen. „Wie man hört, bist du endgültig zum Mister Charity Business bei der Filoxenia aufgestiegen." Nowak setzte sich einfach zu Michel Aziz an den Tisch. Trotz aller schwärzester Rachegedanken an das Subjekt seiner Begierde in der Vergangenheit konnte sich Michel Aziz der Faszination, die von Rudi Nowak ausging, nicht entziehen.

Am liebsten hätte er Rudi eine ordentliche Watschen verpasst, aber hier in der Öffentlichkeit des Wiener Grabens wollte er einen peinlichen Auftritt tunlichst vermeiden. Rache ist ein Gericht, das am besten kalt genossen wird.

„Wegen der alten, guten Zeiten könntest du mich auf ein Getränk einladen und mir dabei über deine neue katholische Position berichten", schnorrte der unverbesserliche Rudi Nowak seinen potenziellen Gönner unverhohlen an.

Welche guten Zeiten?, dachte Michel Aziz bei sich. Paradies und Hölle gleichzeitig! Und er sah seine schicksalhafte Begegnung mit Rudi Nowak Revue passieren …

Wie glücklich müssen all diejenigen sein, die dich nie kennen gelernt haben!

V. Sackville-West

Michel Aziz war in seinem Leben schon einen langen, steinigen Weg durch viel dorniges Gestrüpp gegangen. Als Kleinkind war er mit seinen Eltern aus dem Libanon nach Wien gekommen und hatte sich mit allen Mitteln durch seine Schulzeit geboxt. Richtige Freunde hatte er nicht gefunden, dazu war er viel zu egoistisch und geizig, aber er war sehr geschäftstüchtig gewesen und geradezu genial darin, seinen gut betuchten Mitschülern vor allem verbotene Dinge zu besorgen, von Hasch und anderen Drogen über Pornofilme bis zu sexuellen Zuwendungen äußerst williger Mädchen.

Als Fachmann für das Beschaffen verbotener Genüsse war er auf jedem Fest gerne gesehen, hatte dadurch eine gewisse Popularität bei den gelangweilten Söhnen reicher Eltern genossen und mit ihnen gute Geschäfte gemacht.

Seine Matura und sein Jusstudium waren keine Frage der Intelligenz, sondern nur des Fleißes gewesen. Er hatte nach dem Studium als Konzipient in einer renommierten Wiener Kanzlei begonnen und seine Ausbildung zum Rechtsanwalt erfolgreich abgeschlossen. Er hatte dann versucht, sich auf Immobilien zu spezialisieren, aber ein verkrachter Grundstücksdeal durch einen betrügerischen Investor hatte ihn in der Branche in ein schiefes Licht gerückt.

Sein gutes Aussehen, mittelgroß, schlank, schwarzhaarig und gepaart mit dunklem exotischem Teint, war durchaus kein gesellschaftliches Hindernis gewesen. Die Damenwelt lag ihm zu Füßen, wo er erschien, denn sein galantes Benehmen, seine weltmännische Art und seine elegante Kleidung hinterließen einen tiefen Eindruck.

Leider erwiderte er die innigliche Zuneigung, die ihm die Damen entgegenbrachten, nicht. Er lechzte ausschließlich nach der Grazie und dem Anmut attraktiver, junger Männer.

Bestenfalls nur dazu, um Spenden für „sein Flüchtlingsheim im Libanon" zu lukrieren, das allerdings Ähnlichkeiten mit dem Osteuropa-Fonds einer mittlerweile nicht mehr existenten Bank trug, flirtete er mit den Damen der guten Gesellschaft, die ihn reichlich mit Spenden bedachten, und diese landeten, wie vorgesehen, sofort in seiner Privatschatulle. Schließlich musste er einen hohen persönlichen Aufwand für sein elegantes Auftreten treiben.

Durch seine Alkohol- und Drogenexzesse der Vergangenheit hatte er ein leicht verlebtes Aussehen, was ihn für die Damenwelt noch interessanter machte. Der Hautgout des Verruchten übte eine unwiderstehliche Anziehungskraft auf die Charity-Damen aus.

Mittlerweile trank Michel Aziz nur mehr Mineralwasser, in Gesellschaft möglichst teures wie Perrier, denn er hatte nach seinem kompletten Zusammenbruch die Warnung der Ärzte in der Suchtbetreuung ernst genommen. Sein Problem war schon immer gewesen, sich Hals über

Kopf in einen feschen Jüngling zu verknallen, der dann alles von ihm haben konnte. Leider geriet er immer wieder an die Falschen, denn je fescher, desto schlechter der Charakter. Er hatte seinen unglückbringenden Amor das erste Mal auf einem Gartenfest des Sohnes einer stadtbekannten Charity-Lady getroffen, das im Nobelbezirk Döbling stattfand. Rudi Nowak hatte damals unvorsichtigerweise am Rande des Swimmingpools eine rothaarige junge Frau verlacht, die ihn wutentbrannt in den Swimmingpool stieß. Rudi konnte trotzdem nicht aufhören zu lachen und wäre fast ertrunken, weil er dabei so viel Wasser schluckte.

„Komm wenigsten ins Wasser mit mir, wenn du mich schon reinschmeißt, dann erkläre ich dir, was intellektuell bedeutet!", rief er unverdrossen der wutschnaubenden Beleidigten zu.

Sein damaliges Aussehen wie ein klassischer römischer Jüngling, seine blondgelockten Haare, die blauen Augen und der leicht nasale Klang der markanten Stimme zusammen mit seiner dekadent überlegenen Art übten eine magnetische Anziehung auf Michel Aziz aus. Er nützte sofort die Gelegenheit, ihm beim Verlassen des Schwimmbeckens ein Badetuch zu reichen. Es geschah ihm wie einer Motte, die gnadenlos vom Licht angezogen wird.

„Keine Hölle brennt heißer als die Rache einer Frau", meinte Michel Aziz, als er Rudi das Handtuch reichte. Rudi triefte vor Wasser, sein Leinenjackett hing formlos an ihm herab, aber seine Fröhlichkeit war ungebrochen.

„Die dumme Nuss glaubt wirklich, sie sei ein intellektuelles Fotomodell. Erstens intellektuell, sie weiß ja nicht einmal, wie man das schreibt, und zweitens Fotomodell. Dafür ist sie mit Anfang zwanzig schon viel zu alt. So etwas Lustiges habe ich schon lange nicht mehr gehört."

„Tatsächlich? Sie sollten sich umkleiden, es ist doch zu frisch am Abend in nassen Kleidern", meinte Michel Aziz höflich. „Ich werde den Gastgeber um eine Hose und ein T-Shirt bitten."

„Danke höflich", sagte Rudi, indem er die Gelegenheit zur Selbstdarstellung sofort ergriff, sich ungeniert nackt auszog und in das Badetuch wickelte, was allen Anwesenden einschließlich Michel Aziz ermöglichte festzustellen, was er an körperlichen Vorzügen zu bieten hatte. Ein wohlgestalteter, muskulöser Oberkörper, elegant proportionierte Gliedmaßen, keine Körperbehaarung, kurz eine Sahneschnitte wie aus dem Bilderbuch für klassische Götterstatuen. Michel Aziz lief es heiß und kalt den Rücken hinunter und in seiner Leibesmitte verspürte er das bekannte, heftige Lebenszeichen, das ihn immer in Schwierigkeiten brachte.

„Ich werde uns einstweilen etwas zu trinken organisieren. Ich bin der Rudi. Was trinkst du? Und wie heißt du? Ich kann nicht mit Menschen per Sie sein, die mich nackt gesehen haben", meinte Rudi neckisch.

„Champagner-Cocktail, und ich heiße Michel!" Mit einem Satz, an den er sich immer würde erinnern können, beantwortete Michel Aziz die Frage des Subjekts seiner brennenden Begierde und begab sich in die Tiefen der

Villa, um bei dem Gastgeber Ersatzkleidung zu organisieren.

Als er zurückkam, fand er Rudi, der sich so elegant in seinem Badetuch bewegte, als sei es ein Sarong, mit zwei Drinks in seinen Händen vor.

„Bitte, mein edler Samariter Michel, du bist offenbar der einzige, der sich um mein Wohlergehen kümmert. Pommery, Pommeru stoß ma an und sag ma du", nützte Rudi den Text von „Küß die Hand schöne Frau", indem er mit unnachahmbarer Eleganz das Cocktailglas an Michel Aziz übergab.

„Aber bitte, bitte, das ist doch das Mindeste", zerfloss Michel Aziz. „Es kann doch nicht sein, dass du hier wie ein begossener Pudel herumstehst."

„Also eine Person will das ganz sicher, mein Freund. Die Weiber sind immer komplett humorlos. Keine Selbstkritik", erwiderte Rudi unverdrossen nach einem Blick über seine Schulter, um sich zu vergewissern, ob nicht die rote Pseudo-Fotomodell-Gefahr von hinten drohte.

„Tja, die Gefahren, die vom sogenannten schwachen Geschlecht ausgehen, sind nicht zu unterschätzen. Besser, man hält sich davon fern", konnte Michel Aziz der Versuchung nicht widerstehen, einen Versuchsballon in Richtung gottvollem Rudi steigen zu lassen.

„Wie wahr, Michel, du sprichst ein großes Wort gelassen aus!", sprach's und ließ noch einmal seine Hüllen fallen, bevor er sich in die trockenen Kleider hüllte, und ließ dabei genügend Zeit für eine weitere Bewunderung seiner makellosen Physis. Er sah Michel Aziz geradewegs tief in die Augen, hakte sich bei ihm unter, zog ihn an die Bar und ging mit ihm nach zahlreichen Champagner-Cocktails und ausgedehntem Flirten nach Hause.

Reichliches Sündigen ist die Quelle aller angenehmen Erinnerungen

G. Bernanos

Evelyne war richtig wütend auf Siggi. Widerwärtiges Luder hatte er sie genannt. Das kratzte etwas an ihrem sonst so robusten Ego. Und es war deutlich unter dem üblichen Niveau ihrer sonstigen Konversation, auch wenn es bisweilen durchaus herzhaft zur Sache ging. Und dann natürlich die Sache mit Jacqueline. Der Auslöser für ihren Streit. Am meisten daran ärgerte sie, dass sie die Existenz einer Rivalin, wenn sie das überhaupt war, offenbar lange Zeit nicht bemerkt hatte. Durch einen – für Siggi – äußerst unglücklichen Umstand war sie im wahrsten Sinne des Wortes auf Jacqueline gestoßen worden: Eine an Siggi gerichtete Nachricht in seinem Telefon, die keine Zweifel an der Art der Beziehung der beiden ließ und deren Inhalt durchaus geeignet war, einer zartbesaiteteren Person als Evelyne die Schamesröte ins Gesicht zu treiben, war durch Siggis Unachtsamkeit in Evelynes Hände gefallen. Er hatte den Fehler gemacht, sein Mobiltelefon bei ihr zu vergessen, und sie hatte in ihrer Neugierde seinen Telefoncode geknackt. Dumm gelaufen. Das Weitere bedurfte keiner Erörterung. Siggi hatte, das musste zu seiner Verteidigung angeführt werden, nichts abgestritten. Soweit dazu.

Das mit dem „Luder" hätte Evelyne ihm sogar noch verziehen und konnte unter der Rubrik exzessiver Weingenuss abgehakt werden. Aber Jacqueline? Evelyne kochte innerlich.

„Adonis, ruf mir ein Taxi", fuhr sie den Wirt des griechischen Lokals unfreundlich an. Der war an dem Schlamassel völlig unschuldig, machte aber als geduldiger, von seinen Gästen einiges gewohnter Wirt gute Miene zum bösen Spiel. Evelyne und Siggi (dieser aus den bereits erläuterten Gründen) waren gute Stammgäste und hatten einigen Kredit bei ihm, Unfreundlichkeiten inklusive.

Ohne Gruß hatte sie das Lokal verlassen und war in das bereits wartende Taxi gestiegen. Siggi blieb mit der nicht ganz unbeträchtlichen Zeche zurück. Geschah ihm recht!

Meistens teilten sie sich die Rechnung, zumal sie mehr verdiente als Siggi. Dass Adonis nur eine kleine Summe „der Ordnung halber" von Siggi kassierte, ahnte sie natürlich nicht und sei auch nur der Ordnung halber erwähnt. Wie schon festgestellt, hing Adonis' Großzügigkeit auch mit Siggis beruflicher Tätigkeit zusammen.

Doch zurück zu Evelyne. Über ein Meter siebzig groß, schulterlanges braunes Haar, mit einem durch regelmäßige Studiobesuche und ausgedehnte Touren mit dem Mountainbike durchtrainierten Körper zog sie die Blicke der männlichen und manchmal auch weiblichen Umgebung magisch auf sich.

Aber ihre Stärken lagen auch auf intellektuellem Gebiet. Nach einem Wirtschaftsstudium, bei dem sie ein Semester in den Vereinigten Staaten verbracht hatte, war sie zu einem günstigen Zeitpunkt bei der Österreichischen Bank, kurz ÖB, eingestiegen, wo sie nun als Anlageberaterin für die etwas betuchtere Kundschaft arbeitete und als Ausgleich zu den „Heuschrecken" den Spendenfonds für NGOs verwaltete. Die ÖB war vor einigen Jahren wie der Phönix aus der Asche aus der Pleite gegangenen gewerkschaftseigenen Bank der Gemeinwirtschaft hervorgegangen. Den Gewerkschaften sagte man seit dieser Pleite eine tiefgreifende Unfähigkeit zur Führung gewinnorientierter Unternehmen nach, was nach Bekanntwerden brisanter Details zu dem finanziellen Desaster auch nicht ganz von der Hand zu weisen war. Kurz, der Aufstieg der ÖB, Evelynes Fleiß und ihre Zielstrebigkeit hatten sie quasi wie mit einem Lift nach oben befördert.

Ein paar gezielte Affären mit Vorgesetzten, von Evelyne sorgsam danach ausgesucht, dass diese auch wirklich an den Schalthebeln, die ihrem beruflichen Fortkommen förderlich waren, saßen, wirkten quasi als Brandbeschleuniger für ihre Karriere. Sie achtete auch stets peinlich darauf, dass ihre männlichen Zielobjekte „glücklich verheiratet" waren, wie man so sagt. Und sie machte sich Aufzeichnungen und Fotos für eine spätere Beweisführung, falls dies erforderlich werden sollte.

Die gute Evelyne überließ also nichts dem Zufall und wollte stets Frau der Lage sein und diejenige, die die Fäden zog. Für die armen Opfer der MeToo-Bewegung hatte sie nur ein müdes Lächeln übrig. Als Ausgleich zu den „Karrierebeschleunigern" gewährte sie den

Avancen eines jungen und äußerst attraktiven Mitarbeiters von Planet 2020, einer dem Schutz unseres Planeten verschriebenen Organisation, von Zeit zu Zeit Gunst und besondere Behandlung. Dieser überaus ansehnliche Fundraising Officer mit dem wohlklingenden Namen Tristan Heydrich war sowohl ambitioniert, wissbegierig und sinnenfreudig als auch karrieregeil und komplett in Evelyne als Powerfrau verschossen.

Tristan wusste natürlich nicht, dass er bei den seltenen Schäferstündchen lediglich dazu diente, Evelynes Bedürfnisse in der Zeit zu befriedigen, in der Siggi, der Workaholic, dem Verbrechen auf der Spur und für Evelyne nicht verfügbar war. Tristan war groß, sportlich, mit Sixpack, blond, blauäugig und als Vorbild für einen Apollo bestens geeignet. Außerdem hatte er gewisse deftige Vorlieben, die ihm Evelyne zumindest manchmal erfüllte, wie wir später erfahren werden.

Alle doch so emanzipierten, feministisch gesinnten und der MeToo-Bewegung zugeneigten Mitarbeiterinnen von Planet 2020 zerflossen förmlich, wenn er in der ihm eigenen forschen Art vor neuen Ideen sprudelte, den Planeten Erde zu retten. Gerne hätten sie diese intim mit ihm bei Blümchensex ausgearbeitet. Großes Pech für die Arbeitskolleginnen war nur, dass für Tristan ausschließlich Evelyne als angebetetes Ideal existierte, gerade weil sie den politisch korrekten Ansichten seiner Kolleginnen überhaupt nicht entsprach. Insgeheim empfand er den ganzen politisch korrekten Schamott – selbst gehäkelt, nachhaltig und alles verboten – als extrem anstrengend und mühsam. Spaßfaktor Null. Aber das zu ertragen war Teil seines Jobs im geschützten Bereich und sein gutes Aussehen war durchaus kein Nachteil dabei. Wenn schon Quotenmann im Tussi-Imperium, dann bitte der Fescheste weit und breit.

Aber die Sache mit Siggis Jacqueline ärgerte Evelyne doch gewaltig.

Nach kurzer Fahrt stieg sie vor ihrer Wohnung nahe dem Karmeliterplatz aus dem Taxi. Der Taxichauffeur hatte ein leicht säuerliches Gesicht in Anbetracht des ausgebliebenen Trinkgeldes gemacht und die Wagentür hatte sie auch lauter als notwendig zugeschlagen.

Ihre Wohnung lag im zweiten Obergeschoß eines frisch renovierten, repräsentativen Jugendstilgebäudes. Angenehm kühle Luft empfing sie in der Wohnung. Neben antiken, meist aus der Biedermeierzeit stammenden, dekorativ aufgestellten Erbstücken war ihre Wohnung mit einigen sündhaft teuren italienischen Designerteilen möbliert. Und ein Faible für abstrakte, moderne Malerei hatte sie auch. Siggi bevorzugte, im Gegensatz zu seiner Vorliebe für die klaren Konturen skandinavischer Möbel, eher klassische Bilder.

Evelyne musste lächeln, als ihr beim Eintreten das blutig rote Gemälde eines zeitgenössischen georgischen Malers ins Auge stach. Der war zur Zeit des Erwerbs en vogue gewesen und sie hatte eine stattliche Summe für den Ankauf investiert. Gut investiert, wie man ihr in der seinerzeit prominenten und von bestimmten Kreisen hoch gelobten Galerie in der Innenstadt versichert hatte. Siggi hatte beim Anblick des Bildes gemeint, es handle sich wohl um das Geschenk – „Geschmiere" hatte er gesagt – eines untalentierten Hobbykünstlers oder um die Malversuche eines Primaten aus dem Schönbrunner Tiergarten. Damals hatte sie sich über die Bemerkung geärgert und beschlossen, sich mit Siggi nie mehr über moderne Kunst zu unterhalten.

Heute musste sie über seine Äußerung lächeln und war sich nicht mehr ganz so sicher, ob er nicht vielleicht recht hatte. Über den vielversprechenden georgischen Künstler sprach niemand mehr, angeblich befand er sich zur Selbstfindung in einer Yoga-Kommune im Waldviertel und die Galerie war geschlossen. Konkurs. Aber mit schiefgelaufenen Geschäften kannte sie sich ganz gut aus. Nur wer aus Fehlinvestitionen nichts lernt, hat verloren.

Eigentlich fühlte sie sich gar nicht so schlecht. Der schöne Siggi lag ihr doch am Herzen und sie würde Wege finden, den Streit zu beenden. Siggi, das wusste sie, würde bei Friedensangeboten eh butterweich werden.

Und mit Jacqueline musste sie sich noch etwas einfallen lassen. Sie beschloss, vor dem Zubettgehen noch zu duschen, und summte fröhlich vor sich hin.

Erst treten die Menschen in dein Leben, dann treten sie in deinen Hintern

T. Giehse

Sein hemmungsloser David, wie Michel Aziz Rudi Nowak für sich getauft hatte, war durchaus besitzergreifend und anspruchsvoll gewesen. Nur umgekehrt hatte er keine Ansprüche an sich gelten lassen wollen.

Rudi Nowak hatte praktisch bei Michel Aziz gewohnt, aber er war auch öfters für einige Tage verschwunden und hatte nichts von sich hören lassen, was Michel Aziz jedes Mal zwischen Verzweiflung, Empörung, Eifersucht und Sorge hin und her schwanken hatte lassen und dazu geführt hatte, dass er seinen Schmerz in Hochprozentigem ertränken musste, vorzugsweise in Single Malts.

Wenn Rudi wieder bei ihm zu Hause erschienen war, gab es fast immer eine handfeste Eifersuchtsszene, die meistens mit Liebesbekundungen an den Abtrünnigen endete. Rudi jedoch reklamierte jedes Mal seine persönliche Freiheit und Ungebundenheit für sich, dass er sich in einer Beziehung nicht einsperren und ersticken lassen könnte, und dann waren nur die besten und teuersten Markenartikel von meist unerschwinglichen Modeschöpfern oder üppige Geldgeschenke dazu geeignet, um ihn zum Bleiben zu bewegen.

Wovon Rudi – abgesehen von Michels Zuwendungen – lebte, konnte Michel Aziz nur mutmaßen. Er kannte einige zwielichtige Typen, mit denen Rudi Nowak

Umgang pflegte, aus seiner aktiven Dealertätigkeit und war eifrigst bestrebt, nach außen möglichst viel Diskretion zu wahren, um sein seriöses Image des honorigen Anwalts auf dem Immobiliensektor nicht zu beschädigen.

Deswegen hatte er sich auch sehr bemüht, Rudi Nowaks Aktivitäten in ein gesetzlich anerkanntes Fahrwasser zu bringen und ihn in seinem eigenen Tätigkeitsbereich zu integrieren. Das war sein größter Fehler gewesen.

Michel Aziz war für eine Klientin mit der Abwicklung eines Hausverkaufs in bester Hietzinger Wohnlage beauftragt worden und hatte gemeinsam mit einem renommierten Makler einen Vertragsabschluss mit einem Interessenten für 3,5 Millionen Euro unterschriftsreif ausverhandelt gehabt, als Rudi Nowak plötzlich einen neuen Käufer präsentierte, der angeblich um eine halbe Million mehr für die Immobilie zahlen wollte.

Das Unheil nahm daraufhin unaufhaltsam seinen Lauf, denn der seriöse Interessent wurde mit dem neuen Käufer als Mitbewerber konfrontiert und nahm diese Wendung äußerst übel.

Natürlich war Rudis Käufer nur ein Betrüger gewesen, der mit seinem Versuch, alle rasch über den Tisch zu ziehen, zum Platzen des seriösen Geschäftes geführt hatte. Zur Vertragsunterzeichnung war er nicht erschienen und Geld auf das Treuhandkonto war auch nicht eingezahlt worden. Die Folgen von Rudi Nowaks Verrat an Michel Aziz waren genauso übel wie vorhersehbar gewesen: Der Ruf war ruiniert, das Geschäft geplatzt, außer

Spesen nichts gewesen und Rudi Nowak hatte sich in seinem „Freiheitsdrang" mit den vorhandenen Barmitteln spurlos verkrümelt.

Anfänglich hatte sich Michel Aziz das Ganze noch nicht so sehr zu Herzen genommen, aber nach und nach machte ihm die Situation so zu schaffen, dass er täglich seine Sorgen ertränkte und je nach Laune entsprechende andere Drogen draufsetzte.

Jeden Morgen erwachte er mehr und mehr zerstört, erschöpft, übellaunig und verkatert und war nicht mehr in der Lage, bei seinen Geschäftspartnern auch nur irgendwie den Anschein einer seriösen Professionalität zu erwecken, und dass er die Probleme der verfahrenen Angelegenheit wieder in Ordnung bringen könnte.

Diese Abwärtsspirale fand eines Morgens vor dem Lokal Mixx mit seinem Totalzusammenbruch auf der Straße ein Ende. Erst auf der Intensivstation im Krankenhaus kam er wieder zu Sinnen.

Rudi Nowak hatte sich gänzlich aus seinem Leben verabschiedet. Anrufe beantwortete er nicht, auf dem Nowak'schen Facebook-Profil war Michel Aziz gesperrt worden und auch auf WhatsApp und Instagram war er Persona non grata für Rudi Nowak geworden.

Dieser Verrat hatte Michels Stolz zutiefst getroffen und es hatte lange Wochen gedauert, bis er sich von diesem Stich in sein Herz, diesem Tritt in seine Magengrube und Weichteile erholt hatte. Michel Aziz hatte sich in den Wochen und Monaten seines bitteren Leidens geschworen, von nun an nichts mehr einstecken zu müssen, sondern nur noch auszuteilen – und am besten an Rudi Nowak.

Jedes Bad ist eine leibliche Wiedergeburt

Demokrit

Während Evelyne ihren verwöhnten Körper mit der sündhaft teuren Fleurs du Mal von Decadence de Paris einseifte, kamen ihr süße Rachegedanken mit dem wohlgeformten Toy Boy Tristan in den Sinn.

Kurzentschlossen beendete sie das Duschvergnügen und griff, ohne sich abzutrocknen, nach ihrem Handy. Es war zwar ein Uhr morgens, aber sie wusste ganz genau, dass Tristan allzeit bereit für eines der von ihm heiß ersehnten Treffen mit ihr war. Sie musste ihm nur ein schönes Märchen über den bösen Kapitalisten, der sie am Abend anlässlich eines Geschäftsessens gequält hatte, erzählen, das sie als Ausrede ihm gegenüber verwendet hatte. Schon würde er zu Wachs in ihren erfahrenen Händen werden.

„Tristan, du treuloser Holder, entschuldige, dass ich dich geweckt habe, aber ich brauche dich jetzt! Sofort! Bei mir!", schmachtete Evelyne ins Telefon, noch bevor der gute Tristan überhaupt etwas erwidern konnte.

„Jetzt noch? Ich wollte gerade schlafen gehen", krächzte dieser schlaftrunken.

„Schlafen, lieber Herre Tristan, kannst du noch später. Doch jetzt setz dich bitte in dein hoffentlich aufgeladenes Elektroauto und komm zu mir. Und etwas mehr Begeisterung, bitte. Sonst bleibe ich lieber alleine mit meinem Thermophor."

„Nein, liebste Fraue, ich komme sofort zum Minnedienst! Ich eile durch Nacht und Wind", rief der begeisterte Tristan.

Hoffentlich kommt er nicht so schnell, wie er wahrscheinlich da ist, dachte Evelyne zynisch. „Ich harre Eurer mit Ungeduld", hauchte sie ins Telefon.

Anderen eine Grube zu graben, ist anstrengend, doch es zahlt sich fast immer aus

D. H. Lawrence

Der Gedanke an die alten Sadomaso-Praktiken aus der Zeit vor Rudis Verschwinden schoss Michel Aziz in den Sinn und in die Lenden. Und die Möglichkeit, Rudi Nowak in der diskreten Abgeschiedenheit des von ihm eingerichteten Gästehauses der Filoxenia für den Schmerz, den er ihm angetan hatte, etwas zu quälen und tüchtig leiden zu lassen. Er musste ihn nur dort hinlocken.

„Na, wenn du willst, bitte sei mein Gast. Bestell dir was. Ich erzähle dir gerne, was sich bei mir getan hat. Du weißt doch, ich kann dir nicht widerstehen", sagte er zu Rudi.

Rudi Nowak war zufrieden und winkte dem Serviermädel zu. „Das hört man gern. Ein Gin Tonic mit Monkey 47 und Fentiman's Tonic, aber für Erwachsene! Der Herr hier zahlt." Rudi Nowak lehnte sich zufrieden in seinem Stuhl zurück und überblickte wohlgefällig das Treiben seiner Schickimicki-Umgebung. Sich auf Kosten anderer wichtig zu machen war ganz und gar sein Ding.

„Man sagt, du seist der Herr über Wohl und Wehe einer Schar junger Migranten und fährst unter kirchlichem NGO-Segel ganz gut dabei", erwähnte Rudi Nowak ganz beifällig, während er einen schlanken, dunkelblonden jungen Mann fixierte.

Jetzt oder nie, dachte Michel Aziz und beschloss, seine Wichtigkeit vor Rudi Nowak deutlich zu unterstreichen. „Bewundernswert, wie du immer auf dem Laufenden bist, mein Freund. Ja, es stimmt, ich bin der Leiter einer Wohngemeinschaft für unbegleitete, minderjährige Flüchtlinge. Ich fahre ganz gut dabei, aber meine Schützlinge noch viel besser, denn so gut wie bei mir geht es ihnen woanders nicht."

Gesunkenen helfen heißt königlich handeln
Ovid

Damals nach der erfolgreichen Kur in Kalksburg stand Michel Aziz im Frühjahr 2015 ohne herkömmliche Jobperspektive da. Niemand wollte mit einem suchtgezeichneten Anwalt zu tun haben. Sein großes Glück war gewesen, dass einer der Mitarbeiter des Anton-Proksch-Instituts, Manfred Engel, sich in seiner Freizeit in der Flüchtlingsbetreuung für unbegleitete Minderjährige, der Filoxenia, engagierte und ihn wegen kostenloser Rechtsberatung für verschiedene Anliegen befragte.

Nach ein paar erfolgreichen Tipps für Filoxenia war Michel Aziz plötzlich im Geschäft mit der gewaltig über die wohlhabenden, mitteleuropäischen Staaten hereinbrechenden Migrationswelle. Als weiterer freundlicher Wink der Vorsehung fiel ihm plötzlich auch die Verlassenschaft einer alten Dame zu, die er noch zu seinen besten Immobilienzeiten beraten und vertreten hatte. Da sie alleinstehend gewesen war und für ihn ein deutliches Tendre gezeigt hatte, hatte sie ihn in ihrem Testament mit einem alten Bauernhaus in Hirschstetten bedacht, einem ansehnlichen Grundstück mit Bauerngarten.

Von bäuerlicher Gegend konnte keine Rede mehr sein, die Stadt Wien hatte in den letzten Jahrzehnten des zwanzigsten Jahrhunderts einen guten Teil der umliegenden Gemüsefelder in Bauland umgewidmet und so hatte der Siedlungsdruck der Stadt das Dorf Hirschstetten längst zu einem normalen, dicht besiedelten Wiener Stadtteil gemacht.

Weil Michel Aziz seine bisherige Wohnung im Zuge seiner Turbulenzen aufgrund der daraus resultierenden Mittellosigkeit verloren hatte, war er wohl oder übel gezwungen, in seiner neu geerbten Immobilie Wohnung zu nehmen.

Manfred Engel begleitete ihn teils aus Neugier und teils aus Solidarität zu der ersten Hausbesichtigung in Hirschstetten. Rundherum waren die ehemaligen Gemüsefelder schon Wohnsiedlungen gewichen, aber das alte Haus mit seinen Wirtschaftsgebäuden war noch ein Rest der bäuerlichen Vorstädte Transdanubiens.

Das Haus selbst war in überraschend gutem Zustand. Das Dach war fast dicht gewesen, auch die Fenster hatten dicht gehalten, und obwohl es ein altes Haus war, war es durchaus bewohnbar. Natürlich war es innen muffig und staubig, weil schon länger nicht gelüftet und geputzt worden war, der Fußboden bestand aus alten Holzplanken, die zwar benützt, aber nicht kaputt waren. Und die Wände waren trocken. Ein neuer Anstrich würde hier Wunder wirken. Eine Überprüfung der Elektrik und des Zählerkastens zeigte eine alte, aber funktionstüchtige Anlage. Hier musste nur der Strom angemeldet werden.

Das ebenerdige Haus hatte den typischen Grundriss seiner Art, es verfügte über eine große Küche, eine Wohnstube, drei Zimmer, eine Abstellkammer sowie Badezimmer und WC. Zu dem Haus gehörten ein großzügiges Wirtschaftsgebäude mit Abstellplatz für landwirtschaftliche Fahrzeuge sowie eine Tenne für die Lagerung der Ernte. Überraschenderweise waren auch die Wirtschaftsgebäude in gutem Zustand, da auch dort das Dach offenbar gut erhalten worden war. Das Mobiliar im Haus war aus Vollholz gefertigt und für jahrhundertelangen Gebrauch bestimmt. Keine Spur von Wegwerfgesellschaft.

„Du bist ein richtiger Glückspilz, Michel", gratulierte ihm Manfred Engel. „Das kommt ja gerade zur rechten Zeit. Ich kann dir aus unserem Bestand frische Sachen für deine Wohnung geben. Du wirst neue Matratzen, Bettwäsche und Handtücher brauchen."

Michael Aziz machte kein allzu begeistertes Gesicht, aber das freundliche Angebot von Manfred Engel konnte er nicht ausschlagen, schon um ihn nicht zu verärgern. „Also als Glückspilz fühle ich mich nicht wirklich, aber besser als wohnungslos ist das schon", meinte er zögerlich.

„Du wirst sehen, das wird toll! Siehst du nicht die Möglichkeiten, die du mit diesem Haus hast?"

„Wie meinst du das?"

„Sieh doch, der ganze Platz, den du hast! Alles ist ganz gut im Schuss. Mit ein paar Verbesserungen und ein paar sanitären Einbauten kannst du hier einige Leute unterbringen und betreuen. Wir wissen bei der Filoxenia schon gar nicht mehr wohin mit den Leuten!"

„Echt jetzt, du machst keinen Spaß?", fragte Michel Aziz ungläubig.

„Glaube mir, das Thema ist bitterernst! Ich werde das

Projekt vortragen und, glaube mir, das wird was werden, wenn du nur willst."

Deine Worte in Gottes Ohr, dachte Michel Aziz damals und stimmte seinem Freund zu, dass das alles durchaus projekttauglich wäre und er nichts dagegen hätte. Und so kam es, dass Michel Aziz plötzlich zum Betreiber eines Heimes für unbegleitete Minderjährige wurde. Das Ganze war eindeutig ein Selbstläufer.

Die Filoxenia stand ihm mit Rat und Tat und Finanzmitteln zur Seite. Er wurde zum fest angestellten Projektleiter ernannt und zusätzlich wurde ihm ein Budget anvertraut. Die Filoxenia schickte ihm Handwerker und Heimeinrichtung und innerhalb eines Monats konnten die ersten sechs Burschen untergebracht werden. Das Ganze war zwar anfänglich etwas ursprünglich, aber ordentlich, und wurde nach und nach weiter auf zeitgemäßen Wohnstandard gebracht. Es reichte vollkommen aus, dass Michel Aziz für die Unterbringung der Burschen und nicht gegen Migranten eingestellt war.

Das Haus war am Anfang keine Luxusbleibe, aber zwei der alten Zimmer wurden rasch für die Unterbringung der ersten Klienten renoviert und ausgestattet, und so hatte die Filoxenia plötzlich ein Vorzeigeprojekt für die gute Betreuung von vier jungen, unbegleiteten Migranten.

Michel Aziz war vom obdachlosen Suchtkranken zum angesehenen Projektleiter geworden und mit seinem festen Vorsatz, nur mehr austeilen und nichts einstecken zu wollen, gelang ihm die Aufsicht über seine Schützlinge bestens. Die bekamen sofort mit, dass mit Michel Aziz nicht zu spaßen war. Jede Übertretung der Hausordnung wurde drakonisch geahndet und wer seine Autorität auch nur irgendwie anzweifelte, musste gehen.

Michel Aziz machte auch jedem Neuankömmling sofort klar, dass er nicht der Meinung sei, dass alle lieb und nett wären und sich an seine Vorschriften hielten. Er teilte den Jugendlichen unmissverständlich mit, dass sie ihm erst beweisen mussten, dass sie würdig wären, bei ihm in so einem schönen Heim zu wohnen. Die Jugendlichen wurden sofort für den Ausbau des Heimes eingesetzt, denn jeder Schützling brachte ihm reichlich bares Geld. Zuerst wurde der gemauerte Teil des alten Hauses, der in grauer Vorzeit als Garage für landwirtschaftliche Maschinen gedient hatte, zu Zimmern für die jungen Menschen ausgebaut, mit den entsprechenden Sanitäreinrichtungen wie Toiletten und Duschen, dann kam die Tenne an die Reihe.

Der Preis war durchaus heiß, bei 95 Euro pro Tag und pro Schützling – natürlich waren sie in einer „Wohngemeinschaft" untergebracht, um den Tagsatz zu rechtfertigen – war der warme Goldregen gesichert. Das Geld wurde an den Verantwortlichen Michel Aziz ausbezahlt und die Jungs sahen nur das Allernotwendigste davon in bar.

Das Problem war ja, dass die guten Burschen so rasch 18 Jahre alt wurden. Dann war es schlagartig aus mit dem reichen Geldsegen, denn sie wurden auf die weit niedrigere Grundsicherung von 885 Euro gesetzt.

Michel Aziz berichtete all dies in bereinigter Kurz-
form und Rudi Nowak machte ein Gesicht wie die Katze,
die sich des Kanarienvogels sicher war und schnurrte:
„Mein lieber Michel, wie gut für dich, du warst ja schon
immer ein Menschenfreund. Es freut mich, dass es sich
für dich lohnt. Ich würde gerne deine Wohngemeinschaft
besuchen und der alten Zuneigung frönen." Rudi Nowak
ließ seine Avance dem neuen und alten Gönner gegenüber ohne Umschweife vom Stapel.

Der Wunsch ist der Vater des Gedankens

frei nach W. Shakespeare

Der Plüschbärenhöhle glücklich entronnen, fühlte sich der Herr Major erleichtert und beschloss, die doch knapp fünf Kilometer bis zu seiner Wohnung in der Berggasse zu Fuß zu gehen. Das würde ihm guttun und überdies einen klaren Kopf verschaffen, um über das eine oder andere nachzudenken. Er musste zugeben, dass ihn der Streit mit Evelyne doch mehr beschäftigte, als er sich bisher eingestehen wollte. Und so nett es bei Jacqueline auch gewesen war, zumindest was den Sex anbelangte, seine Welt war das eigentlich nicht.

Außerdem sah er eine seiner glücklicherweise seltenen Sinnkrisen aufziehen: War das Leben, das er zwischen seinem Dienst, den er trotz allem sehr liebte, und den zahlreichen Damen, ohne eigene Familie, das, was er immer angestrebt hatte? Oder Familienidylle, wie bei Otto Dorazil, dem geschätzten Kollegen?

Flotte Abwechslung im Liebes- und anderen Leben, phantasievolle Legenden, Ausreden und Alibis – oder gedeckter Tisch zum Abendessen, Fragen, warum so lange im Dienst oder warum schon wieder dorthin? Kinder zur Schule bringen, gute Miene zu den lieben Schwiegereltern machen, sofern sie noch auf Erden weilten? Und so weiter und so weiter.

Und schon schauderte ihn bei dem Gedanken an Ottos Privatleben und ein böser Spruch von Oscar Wilde fiel ihm ein: Manche Männer, von denen man denkt, sie seien längst tot, sind bloß verheiratet. Genau das passte!

Er musste innerlich lächeln. Nein, das ist nun wirklich nicht mein Leben. Und wird es auch niemals werden. Da nehme ich lieber das eine oder andere Problem samt Plüschbären gerne auf mich.

Plötzlich sah die Welt schon um einiges schöner und heller aus.

Seine Schritte beschleunigten sich und er erreichte in einer knappen Stunde seine Wohnung. Ausgeschlafen war er nun doch einigermaßen. Ein ordentlicher Kaffee aus einer neutralen Tasse, ganz sicher ohne Bärchen, würde guttun. Er stellte das Radio an. Im Klassik-Sender Stephansdom erklang irgendeine Symphonie von Schumann. Gut für die Nerven.

Nach kurzer Zeit zischte schon der Espressokocher und verführerischer Kaffeeduft stieg ihm in die Nase.

Das Problem mit Evelyne muss ich irgendwie lösen, dachte er bei sich. Wie stelle ich es am besten an? Sie weiß von Jacqueline. Das lässt sich nun mal nicht mehr ändern. Ich muss sie davon überzeugen, dass sie die Einzige ist. Nein, das wird sie mir kaum abnehmen. Die Allerwichtigste. Das wird sie vielleicht akzeptieren. Mit Blumen wird wohl nichts zu machen sein. Pralinen reizen sie nicht, da steht Evelynes Schlankheitswahn im Wege. Das hatte er einmal versucht und sie hatte ihm vorgerechnet, wie viele Stunden Sport sie dafür zum Ausgleich einplanen müsste. In die gleiche Kategorie fiele somit auch ein nobles Abendessen.

Aber eine Segelpartie auf dem Neusiedler See. Mit Champagner und irgendeinem sündhaft teuren, aber kalorienarmen Imbiss. Das könnte die Gute schon anlocken. Wagners Laune verbesserte sich noch mehr. Jetzt sollte dienstlich nicht allzu viel passieren. Verzwickte Fälle würden das weitere Vorgehen nur stören.

Er sah auf die Uhr. Schon wieder nach 23 Uhr. Schlafen kam nach dem Ruhetag bei Jacqueline nicht in Frage. Er ging ins Schlafzimmer und wechselte seine Kleidung gegen einen bequemen, seidenen Pyjama. Vielleicht etwas lesen. Evelyne hatte ihm neulich den neuesten Houllebecq geschenkt. „Serotonin". Er ging zu dem imposanten Bücherregal im Wohnzimmer und suchte nach dem Buch, das er etwas gedankenlos in eines der Fächer geschoben hatte.

Was du nicht willst, das man dir tut, füg lieber einem andern zu

L. Karlstadt

Ha, welch ein Augenblick! Die Rache werd ich kühlen. Dich rufet dein Geschick. In seinem Herzen wühlen, oh Wonne großes Glück, zitierte Michel Aziz in Gedanken die Arie des Don Pizzaro aus Fidelio.

Die Kellnerin brachte das Getränk für Rudi Nowak und Michel Aziz sprach mit Begeisterung in der Stimme: „Ja, mein lieber Rudi, wie mich dein Interesse freut! Du hast gar keine Ahnung, wie sehr. Ich zeige dir gerne alles von meinem Paradies und wir fangen mit dem angenehmen Teil unserer Reminiszenzen an."

„Das höre ich gerne", erwiderte Rudi Nowak. „Wie wäre es mit heute? Warum Zeit vergeuden?"

„Wie wahr, wie wahr!", bestätigte Michel Aziz aus tiefstem Herzensgrunde und nickte Rudi Nowak aufmunternd zu. Dieser leerte sein Gin Tonic, während Michel Aziz zahlte und sich wie ehemals bei ihm unterhakte, als sie den Schanigarten in Richtung U-Bahn verließen.

Nach kurzer Fahrt mit der U-Bahn nahmen sie ein Taxi, das sie eine Straße vor dem Gästehaus der Filoxenia absetzte. Diskretion als oberstes Gebot, wie immer. Michel Aziz sperrte das Haustor auf und öffnete die Tür zum versteckten Paradies.

Herein, herein du lieber Gast!

A. Mahlmann

Das Gästehaus der Filoxenia sah von außen bescheiden aus, denn der Luxus im Inneren sollte niemandem ins Auge stechen. Offiziell war das Gebäude als Gästehaus für Studierende aus den Entwicklungsländern ausgewiesen und wurde in den Büchern der Filoxenia als solches geführt.

Es war ein altes Bürgerhaus in Breitenlee, das dem Verein Filoxenia von einer gläubigen Seele vererbt worden war. Es war kein besonders großes Haus, nur Erdgeschoß und erster Stock mit jeweils vier Zimmern. Ursprünglich war es für die Unterbringung von Gästen genützt worden und genau das geschah jetzt auch noch, wenn man so wollte. Nur stundenweise.

Im Erdgeschoß lagen ein schöner, großer Salon und zwei weitere Räume, ein sogenanntes Studierzimmer und ein Wirtschaftsraum, sowie die großzügige Küche – obwohl dort selten gekocht wurde – und eine Toilette mit zusätzlichem Pissoir. Im Obergeschoß befanden sich ein luxuriöser Wellnessbereich mit Whirlpool, einer riesigen Regenwalddusche mit Bestrahlung von allen Seiten, einer Sauna und einer goldenen Luxustoilette, sowie zwei große Schlafzimmer, beide mit Kingsize-Betten mit Messingstangen am Haupt und Fuß für diverse Spielereien ausgestattet. Fast alle Räume waren mit einem hochwertigen Home Entertainment-System ausgestattet, der Salon und die Schlafzimmer zusätzlich mit großen HD-Bildschirmen. Und, was niemand wusste, mit besonders guten, wohl versteckten Kameras für die Aufnahme der Geschehnisse in diesen Räumen.

Wie man sieht, hatte sich Michel Aziz liebevoll um die Ausgestaltung des filoxenischen Gästehauses gekümmert. Im Salon befand sich ein zur Bar umgearbeiteter barocker Beichtstuhl, zwei stabile Chaiselonguen mit Art déco-Motiven tapeziert, eine dunkelgrüne englische Clubgarnitur mit hoher Sitzfläche, ein stabiler Couchtisch aus Teak mit besonders dicker, geschliffener Glasplatte, sowie eine extra angefertigte, dunkelgrüne lederbezogene Sitzbank ohne Lehne passend zur Clubgarnitur, die auf jeder Stirnseite eine stabile schmiedeeiserne Schiene sowie an den Ecken vier geschmiedete Ringe aufwies.

Der Fischgrät-Parkettboden wurde von mehreren Perserteppichen bedeckt, zwei verschiedene Täbriz mit roter Grundfarbe, und ein Ghom mit blauer. Das Besondere waren jedoch zwei große Ghom-Seidenteppiche am Boden vor und hinter der Sitzbank mit fast schwarzem Grundflor und reichem Blumendekor in heller Ornamentik. Das haptische Wohlgefühl, für das diese Seidenteppiche sorgten, konnte man sehr zurückhaltend als „angenehm" bezeichnen. Neben der Bar hing ein äußerst dramatischer Hl. Sebastian, dessen Pfeile besonders markant aus seinen Gliedmaßen ragten, um an die Gefährlichkeit des Lebens zu erinnern, sowie die Darstellung eines Bacchanals. An der größten Wand hing der Bildschirm des Home Entertainment-Centers mit allen Schikanen, inklusive versteckter Kamera. Als weiteres Mobiliar standen ein Barockschrank und ein dazu passender Sekretär im Raum.

Rudi Nowak fiel in Verzückung, als er genüsslich die Räume in Erdgeschoß und erstem Stock inspizierte: „Mein lieber Michel, du hast dich ja selbst übertroffen. Dass du Geschmack hast, habe ich schon immer gewusst." Er begann den umgebauten Beichtstuhl nach ihm genehmen Getränken zu untersuchen. „Hast du ein kaltes Tonic da? Jetzt habe ich schon mit Gin Tonic angefangen und mache gerne weiter damit."

„Im Kühlschrank sollte eines sein, allerdings nur Schweppes", erwiderte Michel Aziz.

„Das ist eh das Beste, alles andere nur blöde Angeberei. Aber was soll ein modischer Mensch machen? Man ist quasi gezwungen, den Chichi-Unfug mitzumachen!" Rudi Nowak schenkte sich ein Glas halb mit Star of Bombay und den Rest mit Tonic aus dem Kühlschrank, mit zwei Eiswürfelchen garniert, ein.

„Ich nehme auch ein Tonic, aber ohne Gin. Nur Eiswürfel."

Rudi Nowak schenkte Michel Aziz ein Longdrinkglas voll, prostete ihm zu und warf rasch eine blaue Tablette ein. „Na, was machen wir zuerst? Du bist mir abgegangen, Michel", sülzte Rudi Nowak.

„Ja, du mir auch", erwiderte Michel Aziz mit kalter Entschlossenheit. Würgen und Auspeitschen musste schon drinnen sein, um seine Rache zu stillen, gerne auch noch ein paar Dildo-Penetrationen. „Genießen wir zuerst unsere Getränke und dann gehen wir hinauf und machen es uns bequem."

„Genialer Gedanke, auf Whirlpool-Plätschern nach dem Matratzenzerwühlen stünde mir ganz der Sinn."

Es kam so, wie es der Rächer geplant hatte. Die beiden landeten auf einem der Kingsize-Betten und Rudi ließ alles unter dem Vorwand Sadomaso geschehen, sodass er von Michel Aziz mit Handschellen an die Messingstangen gefesselt wurde und dass ihm ein Schal umgelegt wurde.

Man stirbt trotz strengster Sicherheitsvorkehrungen

A. Schmidt

Mit größter Genugtuung sah Michel Aziz dem verzweifelten Rudi Nowak zu, wie er nach Luft rang und sich in seinen Handschellen auf dem Bett hin und her warf. Er hatte Rudi einen Seidenschal um den Hals gelegt, den er stark angezogen hatte. Wohlgefällig blickte er auf den Röchelnden. Um das Rachespielchen noch länger genießen zu können, lockerte er den Seidenschal wieder und Rudi krächzte: „Hilfe, ich krieg' keine Luft, du übertreibst, Michel!"

„Jö, das tut mir leid, wart', ich mach's leichter", sprach Michel Aziz und fummelte am Schal herum, um ihn zu lockern.

Zu rasch sollte es nicht gehen mit seiner Rache. Auspeitschen wollte er ihn ja noch, und einige Schmankerl mehr. Eigentlich wollte er Rudi nicht an das Leben, sondern ihn nur tüchtig leiden lassen, um ihn später noch damit zu quälen, wie er als überlegener Gott seine Avancen zurückwies und ihm Geldgeschenke verweigerte. Seltsamerweise röchelte Rudi Nowak trotz gelockertem Schal weiterhin.

„Was ist los, Rudi? Du übertreibst!"

Rudi Nowak bäumte sich auf, bekam einen glasigen Blick und stöhnte: „Meine Brust brennt so, ich bekomme keine Luft!" Dann erschlaffte er.

„Das kann doch nicht sein!", rief Michel Aziz verängstigt. „Rudi, was ist mit dir?"

Rudi gab keine Antwort und röchelte auch nicht mehr. Michel Aziz nahm ihm in höchster Angst den Schal und die Handschellen ab. Er versuchte Rudi Nowak durch Schütteln zur Besinnung zu bringen, anschließend mit klassischer Herzmassage und Beatmung wiederzubeleben.

Nach einer gefühlten Ewigkeit gab Michel Aziz seine erfolglosen Wiederbelebungsversuche auf. Rudi Nowak lag weiterhin leblos da. Wie schrecklich war es, dass ausgerechnet heute und hier Rudi Nowak seinem hemmungslosen Drogenmissbrauch zum Opfer fallen sollte!

Sollte er die Rettung rufen und das Gästehaus der Filoxenia kompromittieren? Würde man ihm glauben, dass es nur ein Unfall bei einem Sex-Spielchen gewesen war? Der Supergau war wieder einmal eingetreten.

Michel Aziz wagte es gar nicht, sich die Reaktion von Pater Hermann Sandauer, dem für das Gästehaus zuständigen Direktor der Filoxenia, auszumalen. Der Skandal, der sich aus einem offiziellen Rettungseinsatz mit einem an Ort und Stelle Verstorbenen und anschließender polizeilicher Untersuchung des Vorgangs entwickeln würde, war auf gut Wienerisch „einfach nicht packbar". Auf einen Schlag alle Würde und Ansehen und alles Einkommen durch die Filoxenia weg! Und seine Stellung, die er sich erarbeitet hatte!

Pater Hermann war durchaus kein Kind von Traurigkeit und nahm gerne an abendlichen Unterhaltungen im Gästehaus teil, aber Diskretion war immer höchstes Gebot. Nichts, gar nichts durfte an die Öffentlichkeit dringen. Also musste Rudi Nowak, so leid es Michel Aziz tat, entsorgt werden.

„Brillanter Gedanke", verhöhnte er sich selbst, „aber wie die Entsorgung bewerkstelligen?" Da fiel ihm ein, dass zwei Häuserblöcke weiter wieder einmal schönes Grüngebiet durch eine Wohnbausiedlung zubetoniert werden sollte. Zuerst einmal durch die Fundamente.

Welcher Klassiker! Eine Leiche im Beton! Michel Aziz hätte fast gelacht, denn das hätte auch Rudis verquerem Sinn für Humor entsprochen.

Jetzt im Zwielicht der späten Dämmerung war es geradezu optimal, sein Vorhaben umzusetzen. Auf Baustellen stand ja immer irgendwelches Gerät frei herum. Er beschloss, sich um die Transportlogistik für Rudi Nowaks Körper direkt auf der Baustelle zu kümmern und von dort eine Scheibtruhe oder dergleichen zu organisieren.

Michel Aziz bekleidete sich wieder so sorgfältig wie immer und machte sich auf den Weg zur Baustelle zweimal ums Eck. Die Dämmerung war schon dem ersten Schwarz der frühen Nacht gewichen, wo alle Wesen schlecht sehen. Trotzdem war es ihm möglich, gegen den hellen Hintergrund des Schotters auf der Baustelle eine Scheibtruhe zu orten. Niemand war in Sicht. Falls es einen Wächter geben sollte, wäre es ihm nur recht, wenn er sich jetzt zeigte. Dann würde er höflich darum bitten, die Scheibtruhe gegen ein Trinkgeld ausborgen zu dürfen. In diesem Fall würde er die sterblichen Überreste damit woandershin bringen.

Weiterhin niemand in Sicht, die Baustelle war ganz verlassen. Michel Aziz packte die Scheibtruhe an den Griffen und machte sich auf den Weg zurück zum Gästehaus der Filoxenia. Rudi Nowak war nicht wieder zum Leben erwacht und blieb mausetot. Sein Körper war fürwahr ein totes Gewicht und es bereitete Michel Aziz größte Schwierigkeiten, ihn zu bewegen. Schließlich wendete er den Rettungsgriff an, damit schaffte er es bis zur Stiege, über die er den Körper ganz leicht an den Füßen hinunterziehen konnte.

Unten angekommen wickelte er Rudis Leiche in ein großes Leintuch aus der Wäschekammer und hievte die Rolle in die Scheibtruhe. Das sah jetzt wirklich aus wie eine Mumie in einer Scheibtruhe – trotz des Ernstes der Lage musste er grinsen. Wer ihn mit der Scheibtruhe sah, würde seinen Augen nicht trauen und niemals glauben, dass es wirklich so wäre.

Auf dem Weg zur Baustelle begegnete er niemandem. Hier war es wirklich noch wie in einem Dorf und nach dem Abendessen saßen alle vor dem Fernseher und gingen nicht mehr auf die Straße.

Michel Aziz kam mit seiner Last in der Scheibtruhe ins Schwitzen, denn Rudi war kein zarter Jüngling mehr gewesen. Nach schweißtreibenden zehn Minuten gelangte er ans Ziel.

Wähle weise, Michel, wo werden die Bauarbeiter als nächstes den Beton hineinleeren? Er studierte im Dunkeln die Fundamente der unbeleuchteten Baustelle. Schließlich wählte er eine Stelle, wo offensichtlich die Verschalung des Fundamentes befüllt werden sollte, denn es lag eine Schlauchleitung zum Betonbehälter daneben.

Froh über die Scheibtruhe kippte er Rudis Leiche einfach und leicht in die tiefe, mehr als meterdicke Verschalung für das zukünftige Fundament. Er stellte das Gerät wieder dort ab, von wo er es ausgeborgt hatte, putzte sich die Hände ab und schlenderte möglichst unauffällig von dannen.

Rudi Nowak fand, wie geplant, am nächsten Arbeitstag unter vielen Tonnen Beton seine letzte Ruhestätte, um dort vermutlich bis zum Abriss des Gebäudes zu verweilen.

Kurz ist der Schmerz und ewig ist die Freude

F. Schiller

Frohgemut stieg Tristan in seinen roten E-Renault, den auf Fahrer- und Beifahrertür das Planet 2020-Logo zierte. Dieser Schriftzug verlieh ihm doch ständig das Gefühl, sich an der Spitze einer die Welt rettenden Organisation zu befinden und auf der einzig richtigen Seite zu stehen.

Tristan hoffte doch sehr, dass Evelyne wenigstens dieses Mal seine geheimsten Wünsche erfüllen würde, wo er doch so folgsam durch Nacht und Wind zu ihr eilte. In froher Erwartung der kommenden Freuden parkte er das Fahrzeug nach kurzer Fahrt durch die menschenleeren Straßen in der Nähe von Evelynes Wohnung.

Evelyne, du Angebetete, ich komme! Er läutete das vereinbarte Signal, dreimal lang, dreimal kurz.

„Du kommst spät, wo hast du die Zeit vertrödelt, Tristan?" Evelyne sprach den Armen mit gespielt strenger Stimme an.

Tristan war begeistert. Nicht nur wegen der strengen Ansprache. Nein, Evelynes Outfit entsprach so ziemlich genau dem, was er sich in seinen geheimen Phantasien vorgestellt hatte: kniehohe, hochhackige schwarze Lederstiefel. Ein kurzer, ebenfalls schwarzer Lederrock und als textiler Höhepunkt eine fast durchsichtige weiße Seidenbluse, unter der sie keinen BH trug. Außerdem hatte sie ihre schulterlangen Haare zurückgekämmt und zu einem Knoten geformt. Eine modische Ray-Ban-Brille ersetzte ausnahmsweise die sonst üblichen Kontaktlinsen der etwas Kurzsichtigen und verlieh ihr die Aura der strengen Lehrerin.

„Ja, liebste Gebieterin. Ich habe getrödelt und verdiene Bestrafung", hauchte der überglückliche Tristan mit ergebener Stimme.

„Nun, Tristan, dann weißt du ja, was du zu tun hast. Und das bitte ein wenig flott", zischte Evelyne scheinbar unbarmherzig.

Brav trabte der gute Tristan ins Schlafzimmer und begann sich eilig zu entkleiden. Etwas zur Pedanterie neigend, hängte er seine Kleidung über einen in der Ecke stehenden stummen Diener.

„Los, du hast genug getrödelt!" Evelyne spielte das Spielchen mit, da sie wusste, dass der derart beglückte Tristan in der zweiten Phase ihres Treffens durchaus zur Hochform aufstieg.

Der nackte Tristan beugte sich in froher Erwartung der kommenden Freuden vornüber über das verchromte Fußteil des Guerrieri Rizzardi-Designerbettes. Inzwischen hatte Evelyne eine dünne Lederpeitsche, die zusammengerollt im Nachtkasten ihrer zweckbestimmten Verwendung harrte, zur Hand genommen. Mit leichtem Lächeln betrachtete sie Tristans wohlgeformtes, allerdings etwas weißes Hinterteil. Sie stellte sich Siggi in einer solchen Position vor und musste sich zusammenreißen, nicht laut herauszuprusten. Der hätte ihr etwas erzählt und schlimmstenfalls die Rollen getauscht.

Aber der Gedanke an den unbotmäßigen Siggi ließ sie etwas kräftiger als geplant zuschlagen. Tristan quasi als Siggi-Sündenbock. Von Tristan kam ein Aufstöhnen, ob Schmerz oder Lust war nicht so genau zu erkennen. Ein dünner roter Striemen wurde auf dem weißen Hintern sichtbar und auf sein bestes Stück blieb die Behandlung auch nicht ohne Wirkung. Es wuchs, wie Evelyne mit Vorfreude feststellte. Sehr sogar.

„Aller guten Dinge sind drei", ließ sich die Gestrenge vernehmen. So gesagt, so geschehen. Tristan war überglücklich.

„Jetzt aber zu ernsthaften Sachen, Tristanchen", zwitscherte Evelyne, die sich zwischenzeitlich ihrer Kostümierung entledigt hatte. „Du hattest deinen Spaß, jetzt bin ich dran. Und zwar ausgiebig. Streng dich gefälligst an!"

Rache ist doch süß.

Ein kohlpechrabenschwarzer Mohr

H. Hoffmann

Die Geschichte des Neides ist so alt wie die der Menschheit, dachte sich Michel Aziz, als er am nächsten Morgen
nach Rudis Demise seinem Lieblingsschützling Njubu
Ngoro zusah, wie er in dem von ihm geleiteten Heim für
unbegleitete minderjährige Flüchtlinge den Tisch deckte.
Dieser trällerte beim Tischdecken fröhlich vor sich hin.

Natürlich hatten seine Mitbewohner längst realisiert,
dass Michel Aziz ihn bevorzugte und immer ein bisschen besser behandelte als die anderen acht Mitbewohner. Die Tatsache, dass Njubu schwarz wie Ebenholz war,
erweckte keine große Zuneigung bei seinen afghani-
schen und syrischen Mitbewohnern.

Seine fröhliche Art, sein strahlend weißes Lächeln,
seine frische Ursprünglichkeit und Lebensfreude übten
eine magische Anziehungskraft auf Michel Aziz aus.
Wahrscheinlich stammte er ursprünglich aus Ghana, aber
er hatte rechtzeitig seine Ausweispapiere auf der langen Fahrt über das Mittelmeer vernichtet, damit er nicht
mehr zurückgeschickt werden konnte. Irgendwie hatte
er es dann über die italienische Grenze nach Österreich
geschafft, wurde erst knapp vor Wien beim Schwarz-
fahren im Zug aufgegriffen und in Wien zur Filoxenia
gebracht.

Sicherlich hatten ihm Italiener dabei geholfen, seinen
Wunsch zu erfüllen, nach Deutschland zu kommen, und

hatten ihn wegen der strengen Kontrollen am Brenner einfach nur bis zur Bahnlinie Richtung Villach gebracht.

Wenn er über seinen langen Weg durch Afrika und Südeuropa befragt wurde, gab er keine Antwort und stellte sich dumm. Offenbar hatte er Angst vor den Schleppern.

Das alte Bauernhaus, das früher inmitten von Feldern im Wiener Transdanubien gestanden war, wurde zwar im Laufe der Zeit renoviert und zweckmäßig ausgebaut, aber es war doch für die Unterbringung von möglichst vielen Personen rein zweckmäßig ausgestattet, keine Spur von Luxus. Abgesehen von den persönlichen Räumen Michel Aziz', dem überschaubaren Büro-Wohnzimmer und seinem Schlafzimmer, war der ganze Raum dem Gelderwerb durch Unterbringung von Klienten geopfert worden.

Du liebes Kind, komm geh mit mir, gar schöne Spiele spiel ich mit dir, dachte Michel Aziz, als er Njubu beim Frühstück die Semmeln und das Brot für die Jugendlichen am Tisch austeilen sah. Das Frühstück wurde wie alle Mahlzeiten am großen langen Tisch im Gemeinschaftsraum des Heimes serviert und bestand aus Tee, Butter, Marmelade, Cornflakes, Müsli und Milch.

Michel Aziz wurde immer nervös, wenn er an Njubu Ngoro dachte oder, so wie jetzt, ihn direkt vor sich hatte. Er hatte schon einige unbegleitete Pubertäre betreut, aber so einen wie Njubu, mit seiner ebenholzfarbenen Haut und seinem Geruch, der ihn an exotische Genüsse und die Weiten Afrikas denken ließ, noch nicht.

Er fühlte sich wie der Polizeichef Scarpia in der Oper Tosca, wenn er an Njubu dachte, denn er hegte dem schwarzen Apollo gegenüber genau dieselben Gefühle wie der böse Baron Scarpia für die Operndiva.

„Nur eins willst du nicht leiden, und ich soll mich bescheiden? Höre, wie kannst du noch zaudern? Ich will dir ja sein ganzes Leben für eine süße Stunde geben", summte Michel Aziz genüsslich die Arie des Scarpia aus dem zweiten Akt der Tosca vor sich hin. Der heutige Tag verhieß einen anregenden Abend, den er sich nach allen persönlichen Tiefschlägen wohl verdient hatte.

Zu auffällig durfte er die Anwerbung von Njubu für die Abendunterhaltung nicht anstellen, denn sonst würden die nicht eingeweihten Jugendlichen unter seinen Klienten unruhig werden.

Nachdenklich nippte Michel Aziz an seinem doppelten Luxusespresso aus goldener Tasse und überlegte, ob er einfach einen kleinen Auftrag für Njubu anbieten sollte. Für Bargeld waren seine Schützlinge immer empfänglich, da Michel Aziz alle Barmittel für die Jugendlichen mit strenger und ungerechter, geiziger Hand verwaltete. Er gestand ihnen von den 95 Euro pro Tag für die Unterbringung in der Wohngemeinschaft unbegleiteter Minderjähriger drei Euro täglich für ihre persönliche Verwendung zu.

Wenn schon Schlepper, die Mafia und andere Verbrecher kräftig am Elend der Menschheit verdienten und alle Hilfsorganisationen und NGOs reichste Spenden erhielten, dann würde er ganz sicher nicht auf seinen Teil des Kuchens namens Charity Business verzichten. Von dem Taggeld für die Jugendlichen behielt er den Löwenanteil für sich und der Rest wurde nur gegen Nachweis der Notwendigkeit der Ausgaben ausgehändigt, denn sonst würde das Geld ohnehin nur in die Herkunftsländer der Migranten überwiesen werden. Ausschließlich zu diesem Zweck waren sie von ihren Familien nach Europa geschickt worden.

Mitten in seinen Überlegungen beobachtete er, wie Njubu einen Telefonanruf entgegennahm, aufsprang und hinaus in den Hof lief. Diese Chance ließ sich Michel Aziz nicht entgehen und folgte dem Burschen hinaus, um ihn zu beobachten. Njubu sprach nicht Englisch, sondern unterhielt sich in seinem heimischen Dialekt und wurde immer nervöser und wütender. Er gestikulierte wild mit der Hand und rief verzweifelt immer dasselbe in sein Smartphone.

Komisch, dachte Michel Aziz, so „arm" können sie gar nicht sein, dass sie nicht mit einem Smartphone der neuesten Generation ausgestattet sind. Arme Leute können sich kein Smartphone und keine Schlepper leisten. Das sind alles Angehörige der Mittelschicht. Arme Leute müssen bleiben, wo sie sind. Diese Burschen brauchen das Smartphone als Geschäftsgrundlage für das Finanztransaktionsbusiness der Rücküberweisungen an ihre Sippe.

Schließlich fand auch Njubus lebhaftes Telefonat ein Ende und der Junge stand wie ein Häufchen Elend im Hof. Michel Aziz nützte sofort seine Chance.

„Njubu, alles in Ordnung? Kann ich dir helfen?"

„Mein Vater ist böse mit mir, weil ich seit Langem kein Geld nach Hause geschickt habe. Er fordert mindestens 300 Euro von mir."

Wie wahr, wie wahr, was ihr haben wollt, hab ich schon lang!, dachte Michel Aziz und bemühte sich ernst zu bleiben. Nur kein selbstzufriedenes Grinsen zeigen, sonst wäre alles verraten. Die Umstände spielten ihm tadellos in die Hand, um seine Abendplanung problemlos durchführen zu können.

„Das ist aber eine Menge Geld, warum glaubt er denn, dass du ihm das schicken kannst?", fragte Michel Aziz, Mitgefühl heuchelnd, obwohl er es selbst ganz genau wusste. Die lieben Menschen in Njubus Heimat rechneten mit mindestens 10 Euro pro Tag aus dem Sozialtopf des goldenen Westens, also mindestens mit 300 Euro abzüglich Überweisungskosten.

„Er hat überhaupt keine Ahnung, wie es hier ist. Die glauben, jeder hat hier viel Geld. Sie haben zu Hause geglaubt, dass sie jeden Monat noch viel mehr von mir bekommen werden", erwiderte Njubu komplett verzweifelt.

Die große Investition seiner Familie, der weiteren Verwandtschaft und der guten Freunde von mindestens 5.500 Dollar musste sich rentieren. Njubu war von seinem Vater nach Europa geschickt worden, damit er sich ein größeres Haus bauen konnte und alle in der Familie mehr Geld zur Verfügung hätten. Schließlich hatte ihm der Schlepper Wundermärchen über das reiche Leben im

Schlaraffenland in Westeuropa erzählt. Willige, hübsche, unterwürfige Frauen, reiches Einkommen, dicke Autos, große Häuser, dies alles nur für den Aufwand einer illegalen Einwanderung gegen entsprechendes Entgelt.

„Weißt du, das ist nicht einfach, aber ich glaube, dass ich dir helfen könnte. Kannst du ein Geheimnis für dich behalten und nichts den anderen sagen? Es geht schließlich um eine gute Gelegenheit, Geld zu verdienen", meinte Michel Aziz geheimnisvoll.

„Den anderen etwas sagen? Nichts sage ich denen. Ich will selbst das Geld verdienen!", erwiderte Njubu energisch. „Ich mache alles dafür, was ich kann!"

Dein Wort in Gottes Ohr, dachte Michel Aziz, lächelte verschmitzt und sagte: „Das höre ich gern. Du sollst heute Abend mit mir kommen, um bei einem Fest als Gastgeber zu helfen."

„Das mache ich gerne, ich bin ein guter Gastgeber!", strahlte Njubu über das ganze Gesicht. „Wie viel kann ich dabei verdienen?"

„Das kommt darauf an, wie gut du deine Sache machst und wie zufrieden die Gäste sind. Aber mindestens 50 Euro, vielleicht auch mehr, mit Trinkgeld, kann ich mir gut vorstellen", erwiderte Michel Aziz großzügig.

„50 Euro auf einmal, da sage ich niemandem etwas! Bitte, bitte nehmen Sie mich heute Abend mit", flehte Njubu ganz aufgeregt.

„Weil du so lieb bittest und weil ich dir helfen will, werde ich das auch tun. Sei um halb sechs Uhr zur Abfahrt bereit."

Njubu wandte sich zufrieden um und Michel Aziz schritt ebenso zufrieden in sein Arbeitszimmer, um zu telefonieren. Er wählte die Telefonnummer des Leiters der Filoxenia-Flüchtlingsbetreuung.

„Einen wunderschönen guten Morgen, mein lieber Pater Hermann. Wie geht's?"

„Fragen Sie mich nicht, Aziz, wir haben hier gehörig Stress, weil schon wieder jede Menge Moslems angekommen sind, die von uns Christen versorgt werden wollen."

„Also das Geschäft läuft auf Hochtouren, wenn ich Sie richtig verstehe. Da haben Sie sich heute Abend die Entspannung im Gästehaus redlich verdient."

„Oh tatsächlich, freut mich zu hören, dass es stattfindet. Ich hatte schon befürchtet, Sie würden absagen."

„Mein lieber Pater Hermann, das könnte ich Ihnen doch nicht antun. Sie arbeiten so schwer zum Wohle aller anderen, da haben Sie sich doch wirklich etwas Entspannung verdient."

„Danke, mein lieber Aziz, es tut wohl zu wissen, dass meine Bestrebungen anerkannt werden."

„Es war ohnehin fast sicher gewesen, dass wir heute einen netten Abend im Gästehaus verbringen können. Jetzt haben wir alles, was wir brauchen, beisammen. Für das leibliche Wohl ist in jeder Beziehung gesorgt. Champagner, kalte Häppchen und nette Gastgeber."

„Das hört man gerne", freute sich Pater Hermann, „also dann um 19 Uhr 30?"

„Um 19 Uhr 30, auf einen Aperitif und mindestens ein Amuse-Gueule", rief Michel Aziz wohlgemut ins Telefon.

„Vergessen Sie nicht auf unseren Freund von der Magistratsabteilung 17, Herrn Özyrek, der wird sonst böse, wenn wir ihn nicht einladen", ermahnte ihn Pater Hermann.

„Wie könnte ich das denn vergessen, für einen entspannenden Abend ist es lustiger, wenn wir nicht nur zwei sind", versicherte Michel Aziz. „Außerdem kann man uns dann nicht vorwerfen, dass wir nichts für die Integration und den interreligiösen Dialog tun würden."

Pater Hermann gluckste kurz vor Lachen und legte auf. Michel Aziz schickte sofort Kemal Özyrek eine SMS an seine private Nummer: „19:30 wie gehabt"

Die Antwort kam postwendend: „Sehen uns 19:30, Johnnie Walker Blue Label nicht vergessen"

Typisch Özyrek, dachte Aziz, wenn er selbst Geld ausgeben muss, ist er der größte Knauser und Nudeldrucker, aber auf Kosten anderer kann es nicht teuer genug sein. Der edle Moslem säuft wie ein Loch, wenn es gratis ist.

Diese Leidenschaft zum kostenlosen Luxus war kein Alleinstellungsmerkmal von Kemal Özyrek, eigentlich teilten alle aus der Interessensgruppe Charity Business dieses Streben mit ihm.

Michel Aziz musste sich noch um die Lieferung für den Abend kümmern und rief bei seinem diskreten Cateringspezialisten Gustav Käfer an.

„Grüß dich, Gustav, Michel Aziz hier."

„Servus, Michel, was kann ich für dich tun?"

„Ich brauche heute Abend wieder eine Lieferung. Barzahlung, wie üblich."

„Gerne, gerne. Das Übliche oder etwas Spezielles?"

„Bei den Häppchen bitte etwas mehr Garnelen und Kaviar, vielleicht ein paar frische Austern. Schinken und Roastbeef sollen auch dabei sein, sonst wie üblich, reichlich für drei Personen. Und sehr einfaches Dessert für drei Personen, irgendwo müssen wir sparen."

„Vielleicht Obst, Käse und Brioche statt Schokoladepralinen und Petit Fours? Dann wird's etwas billiger", schlug Gustav vor.

„Gute Idee, die Burschen brauchen sich nicht so luxuriös vollzustopfen, die sollen froh sein, wenn sie so etwas Gutes wie deine Brioches bekommen", stellte Michel Aziz energisch fest. „Noch ganz wichtig, bevor ich vergesse. Wie üblich Johnnie Walker Blue Label, Louis Roederer Cristal, Barolo, Riesling Smaragd, Star of Bombay Gin, jeweils zwei Flaschen, und natürlich eine Kiste Perrier und Schweppes Indian Tonic."

„Machen wir gerne, mein Freund. Lieferadresse wie immer?"

„Jawohl, bitte um 18 Uhr 30, ich zahle in bar."

„Das wären dann 2.900 Euro als Freundschaftspreis, ist ja billiger, weil ohne Rechnung", rechnete Gustav kurz hoch. „Ich komme selbst liefern."

„Wunderbar, auf dich kann man sich verlassen. Ich sehe dich dann am Abend."

Michel Aziz rieb sich vergnügt die Hände. Ein Schäferstündchen am Abend mit dem frischen, unverdorbenen Njubu in kongenialer Gesellschaft, ein bisschen Luxus und das Wohlwollen seiner Geldgeber, da konnte ja nichts schiefgehen. Zwar musste er regelmäßig mit Andeutungen nachhelfen, den Geldfluss an ihn durch die Zuweisung neuer Klienten am Laufen zu halten, aber solche Abende versetzten die Stimmung seiner Gönner in großzügige Geberlaune.

Niemand wurde gerne mit schmutzigen Enthüllungen erpresst, und solange alles so gut lief, gab es keine Notwendigkeit dafür. Gott sei Dank. Bis jetzt wusste niemand außer Michel Aziz von den Filmaufnahmen der Vergnügungen im Gästehaus. Die waren seine Rückversicherung für den Ernstfall.

Die Kosten für die Bewirtung am Abend würde er aus dem Protokollaufwand für das Gästehaus bestreiten, dafür gab es eine Kassa, die von ihm verwaltet und regelmäßig von der Filoxenia aufgefüllt wurde.

Seltsam, warum kommt mir die Vergangenheit jetzt in den Sinn? Wahrscheinlich warnt mich gerade mein Unterbewusstsein vor den Folgen einer Herzensaffäre mit Njubu, sinnierte Michel Aziz, nachdem er seine Telefonate beendet hatte. Nur ruhig Blut bewahren, du wirst das Beste daraus machen, nur das Angenehme genießen, und es sonst wie der unselige Rudi machen, ermahnte er sich selbst.

Der ahnungslose Njubu pfiff beim Saubermachen fröhlich vor sich hin und war so gut gelaunt wie schon seit Langem nicht mehr. Endlich würde er bald etwas Geld an seinen Vater schicken können.

Der Tagesablauf der Burschen war fest geregelt, um sie sinnvoll zu beschäftigen. Am Vormittag wurden sie drei Stunden in Deutsch unterrichtet, dann mussten sie sich um die Zubereitung ihres Essens kümmern. Am Nachmittag wurden sie in den wichtigsten Kenntnissen für das Leben in Österreich unterrichtet und mussten sich noch um die Reinigung und Instandhaltung des Hauses, die Wäsche und den Garten kümmern.

Carpe diem!

Horaz

Eigentlich ein gutes und sinnvolles Bildungsprogramm. Es haftete ihm nur ein kleiner, aber umso folgenreicherer Schönheitsfehler an: Dieser, auch für die von der Filoxenia bereitgestellte Lehrkraft in finanzieller Hinsicht durchaus interessante Lehrplan fand nur dienstags und freitags statt.

An den übrigen fünf Wochentagen mussten die Burschen zwar auch einige Pflichten erfüllen. Diese waren aber doch recht überschaubar und erschöpften sich in den erwähnten Koch-, Putz- und Abwascharbeiten sowie einigen kleineren Dienstleistungen im Wohnheim. Die reichlich bemessene, restliche Zeit blieb zur offiziell so genannten „sinnvollen Freizeitbeschäftigung zum Kennenlernen der kulturellen Gepflogenheiten des Gastlandes".

Nachfolgend wollen wir Hamed, Omar und Rahim an einem beliebigen Tag auf ihrer „sinnvollen Freizeitbeschäftigung" begleiten. Dabei darf nicht verwundern, dass sie das Bildungsziel, soweit sie es überhaupt verstanden oder verinnerlicht hatten, wenig interessierte. Viel verlockender war doch die glitzernde Welt des Konsums. Wobei sich die Verlockungen verständlicherweise nicht nur auf materielle Dinge beschränkten.

Bevor wir die Tour mit den Burschen starten, ein kleiner Exkurs auf ein besonderes Thema: Die von jugendlicher Manneskraft strotzenden Burschen waren natürlich begierig auf weibliche Bekanntschaft – oder einfach nur auf Sex. Die Mädchen und Frauen in ihrer neuen Umgebung zeigten sich ihnen in einer unbekannten und erregenden Freizügigkeit, die sie aus ihren Herkunftsländern überhaupt nicht kannten. In ihrer Phantasie entstand der fatale Eindruck, die Weiblichkeit stünde ihren Wünschen jederzeit zur Verfügung. Ein zwiespältiges Gefühl, das sie einerseits Verachtung für die ihrer Ansicht nach schamlosen Frauen und andererseits unstillbare Gier empfinden ließ. Eine durchaus explosive Mischung. Bisher jedoch waren plumpe Annäherungsversuche bedingt durch ihre machohaft-primitive Art und erhebliche sprachliche Barrieren selbst bei eher basisorientierten Angehörigen des weiblichen Geschlechts allerdings kläglich und frustrierend gescheitert. Für den Besuch in einem der zahlreichen Laufhäuser der Stadt fehlten ihnen schlicht die finanziellen Mittel – und auch der Mut. Selbst Hand anzulegen fanden die drei auf Dauer natürlich „wenig leiwand". Ein Ausdruck, der ihnen aus unerfindlichen Gründen gut gefiel und den sie infolge ihrer Inkompetenz, was die deutsche Sprache anbelangte, bei jeder passenden und mehr noch unpassenden Gelegenheit benutzten. Soweit zu diesem heiklen Thema.

Auf der Flucht oder Reise aus ihren Heimatländern ins gelobte Land Österreich hatten alle drei durchaus kritische Situationen erlebt und sich dadurch ein feines Gespür angeeignet, das sie drohende Gefahren förmlich „riechen" ließ. Diese Fähigkeit hatte doch recht nützliche Effekte für das tägliche Leben in der neuen Umgebung. So erlaubte sie ihnen zum Beispiel, Fahrausweisprüfer der Wiener Linien schon von Weitem zu erkennen. Der kostenfreien Nutzung der öffentlichen Verkehrsmittel stand mithin nichts im Wege und bisher war dies auch ohne unangenehme Zwischenfälle gelungen. Für die Fahrscheine, die sie vom Heim bekamen, fanden sie immer dankbare Abnehmer.

So ging die Fahrt an einem beispielhaften Tag also meistens in die Welt des Konsums: Lugner-City und Mariahilfer Straße waren bevorzugte Adressen, wo man auch Landsleute traf und Informationen sowie Beute ein- und austauschen konnte.

Taschendiebstahl, quasi als Zeitvertreib und nützliche Tätigkeit während der Fahrt, war zwar Thema gewesen, doch mangels Geschicklichkeit wieder verworfen worden. Außerdem fühlten sich die drei auch wegen ihres fremdländischen Aussehens von den anderen Fahrgästen beobachtet.

In den zahlreichen Supermärkten und Ladenketten dagegen hatten sie leichtes Spiel, Dinge des Begehrens bargeldlos mitgehen zu lassen. Das Personal identifizierte sich erfahrungsgemäß wenig mit den Geschäften und zeigte kaum Initiative, Ladendiebstahl zu verhindern. Das Entdeckungsrisiko hielt sich mithin in Grenzen. Vor dem Zugriff eifriger Ladendetektive bewahrte sie wiederum das schon erwähnte feine Gespür.

Die Beute – meistens nicht allzu hochwertige Konsumartikel – verbrauchten sie selbst oder tauschten sie bei Gleichgesinnten gegen Zigaretten. Die waren teuer und überdies aus Trafiken nur schwer zu klauen.

Unrechtsbewusstsein – Fehlanzeige. Die Regale waren ja übervoll, wem sollte es da schaden, wenn man sich ein bisschen bediente.

So vergingen die Tage schnell und sehr unterhaltsam. Für Beute, die sie mit zum Wohnheim brachten, hatten sie ein geheimes Depot angelegt. Michel Aziz hatte die unangenehme Angewohnheit, sie ab und an zu filzen, wenn sie von ihren „Stadtbummeln" heimkamen. Ansonsten zeigte dieser wenig Interesse zu erfahren, was sie den lieben langen Tag so trieben, zumal sie bisher mit niemandem Ärger bekommen hatten. Das war für Michel Aziz das Wichtigste.

Als der Tutor der Filoxenia für den Nachmittagsunterricht eintraf, beschloss Michel Aziz, sich für den Abend noch etwas auszuruhen, damit er in bester Form für die Unterhaltung seiner Gönner wäre.

Um 17 Uhr verabschiedete er den Tutor, der die „unbegleiteten minderjährigen Flüchtlinge", meist UMF genannt, in Deutsch unterrichtet hatte, rief Hamed, Omar und Rahim zu sich und verfügte, dass Hamed für den Abend die Aufsicht im Heim haben sollte. Hamed war empört, denn er wollte auch Geld im Gästehaus verdienen.

„Warum muss ich zu Hause bleiben, habe ich etwas gemacht, was Ihnen nicht gefallen hat, Herr Aziz?", fragte Hamed noch einmal nach.

„Nein, du hast nichts falsch gemacht, ich brauche dich hier zum Aufpassen. Du musst deine Mitbewohner beaufsichtigen, wenn ich weg bin. Und ich brauche heute Njubu für das Gästehaus", erwiderte Michel Aziz streng.

„Was kann denn schon der Schwarze, was ich nicht könnte?"

„Das geht dich gar nichts an. Ich bestimme hier, und wenn es dir hier nicht passt, kannst du sofort zurück zur Filoxenia in die Zentralaufnahme. Ich dulde keinen Widerspruch", mahnte Michel Aziz den aufmüpfigen Afghanen, der sich als wesentlich jüngerer Syrer ausgegeben hatte.

Hamed war ein Nuristani aus Afghanistan und hatte gelogen, sowohl was seine syrische Herkunft als auch sein Alter von 23 Jahren betraf, als er nach Österreich gelangte. Besser, er war offiziell knapp 16 Jahre alt und Syrer. Ohne Papiere konnte es ihm niemand nachweisen.

Hamed war bei seiner Ankunft sehr schlank gewesen und durch seine mittlere Körpergröße und seinen anfänglich spärlichen Bartwuchs hatte er sehr jugendlich gewirkt. Deswegen war seine schamlose Betrügerei bezüglich seines Alters durchgegangen, und seine Herkunft lag für die unbedarften Europäer sowieso im dicken Nebel der Unwissenheit verborgen.

Anfänglich war Hamed sehr unterwürfig und willfährig den Wünschen seiner Beschützer gegenüber. Seine knabenhafte Figur und sein gutes Aussehen schwanden mit dem guten Leben, dem er leider zu sehr zugeneigt war. Hamed aß bei jeder sich bietenden Gelegenheit für sein Leben gern und trank gierig von den teuren Getränken im Gästehaus, obwohl er das eigentlich nicht sollte und durfte.

Dadurch blieb es nicht aus, dass Hamed seine knabenhafte Figur verlor und endlich so alt aussah, wie er war. Zusammen mit seinem wachsenden Selbstbewusstsein und seinen Ansprüchen war er zu einem ungeliebten Klotz am Bein für Michel Aziz geworden, denn seine Gäste hatten das Interesse am verlebten und aus dem Leim gegangenen Hamed verloren. Hamed umgab keine Spur von süßer Frische mehr, er strahlte lediglich Abgebrühtheit aus. Und von der besaßen Michel Aziz' Gäste selbst reichlich.

„Ich liebe dich, mich reizt deine schöne Gestalt" traf auf Hamed schon seit Längerem nicht mehr zu. Eher mehr: „In die Ecke Besen, Besen seid's gewesen."

Die Tatsache, dass sein angeblicher 18. Geburtstag unmittelbar bevorstand, machte ihn zu einem Kandidaten auf dem Schleudersitz. Dessen war sich Hamed wohl bewusst und alle „Trinkgelder", die er noch rasch einsacken konnte, wollte er in seiner Geldgier noch gerne mitnehmen. Hamed hatte das letzte Mal bei seinen „Wohltätern" schon eine gewisse Unzufriedenheit verspürt, weil er ihnen gegenüber so forsch aufgetreten war.

Die Zentralaufnahme der Filoxenia befand sich in einem herabgewirtschafteten, ehemaligen Hotel in Niederösterreich, in dem eine Menge Leute aus den verschiedensten Ländern entlegen am Land untergebracht waren. Um nichts besser als ein Migranten-Gulag.

Hamed zog sofort den Kopf ein, verbeugte sich demütig und verschwand im Haus. Michel Aziz wusste genau, dass die Burschen nichts mehr fürchteten als eine Unterbringung in diesem Heim am Land. Dort war nichts als Wald und Wiese, und keine Gelegenheit, irgendwie an einen Job zu kommen. Sie waren aus ihren Familien zu Hause die absolute Autorität des Oberhauptes gewöhnt und jedes Zagen wurde von ihnen sofort als Schwäche ausgelegt.

Endlich war es für Njubu so weit, dass er in das große Leben der Geldverdiener einsteigen durfte, denn er, Rahim und Omar kletterten in den Kleinbus des Heims, der von Michel Aziz chauffiert wurde.

Das Gästehaus im Wiener Stadtteil Breitenlee befand sich nicht weit vom Wohnheim und die Fahrt dauerte dieses Mal etwa eine Viertelstunde statt fünf Minuten, wegen der tollen Ampelregelungen, die nur wenigen Autos pro Grünphase das Passieren der Kreuzungen ermöglichten. Michel Aziz parkte den Kleinbus in der Garage des Hauses, denn ihm war größtmögliche Diskretion wichtig. Niemand sollte den Bus vor dem Gästehaus erkennen und eine Verbindung zu seiner Wohngemeinschaft herstellen können.

Nach dem Aussteigen befahl er Rahim und Omar, sich in der Küche mit der Zubereitung eines Espressos für ihn zu beschäftigen, während er Njubu durch das Haus führte. Njubu war überwältigt. Noch nie war er in einem so luxuriösen Haus gewesen. In seiner Heimat gab es solche Häuser nicht. Vor allem die Teppiche und das Home Entertainment-System beeindruckten ihn tief. Am allermeisten war Njubu jedoch vom Whirlpool hingerissen. Für ihn war ein Traum wahr geworden.

„Das ist ja wie in Hollywood! Darf ich hinein?", rief er begeistert aus und wollte sich sofort für das Bad ausziehen.

„Njubu, du bist nicht zu deinem Vergnügen, sondern als Gastgeber hier", mahnte ihn Michel Aziz. „Schau, hier ist die Küche, hier werden die Speisen im Kühlschrank aufbewahrt und du musst sie möglichst appetitlich auf diesen Platten anrichten." Er öffnete mit diesen Worten den entsprechenden Küchenschrank neben dem Kühlschrank mit Eiswürfelspender und zeigte dem von diesem Luxus vollkommen überwältigten Njubu die geschliffenen Bleikristallplatten zum Kredenzen der kalten Häppchen.

„Die Häppchen kommen später vom Catering und sind ausschließlich für die Gäste da. Ihr Burschen bekommt danach von mir etwas anderes zu essen."

Njubu war viel zu beeindruckt, um zu fragen, was er denn essen dürfe. Er war ganz Feuer und Flamme, sich als Gastgeber hervorzutun.

„Wie soll ich die Häppchen arrangieren? Mit etwas Obst dazwischen?"

„Sehr gut, Njubu, das machst du. Bevor du damit anfängst, musst du dich aber umziehen. Hier in dem Karton ist dein Gewand. Ziehe dich ganz aus und lege das Gastgebergewand an. Omar hilft dir dabei."

„Sehr wohl, Herr Aziz, alles, was Sie sagen, werde ich machen."

„Hier sind Servietten, Fingerschalen und Teller, die Gläser für die Getränke sind in der Hausbar im Salon. Den Sektkübel musst du später mit Eiswürfeln füllen, wenn der Champagner gebracht wird. Jetzt geh dich umziehen", befahl Michel Aziz und schaltete den Eiswürfelspender ein.

Es war ihm ziemlich wichtig, dass Njubu die besondere Lederkleidung anziehen sollte, die sowohl sexy als auch funktionell war, denn sie bestand aus zahlreichen Gurten, Ringen und Schlaufen und sah fast aus wie ein Brustgeschirr zum Abseilen, nur dass sie auch weiter über die Beine bis zu den Füßen ging. Das Ganze wurde noch durch einen Ledertanga vervollständigt.

Die ideale Kleidung zum Gefügigmachen unerfahrener Toy Boys und ein erfreulicher Anblick für alle auserwählten Gäste.

„Omar, hilf Njubu beim Umziehen, geht hinauf in den Wellnessbereich! Zeige ihm dort alles und weise ihn ein, wie er sich benehmen soll!"

Omar verbeugte sich kurz vor Michel Aziz, denn sobald sie im Gästehaus waren, wünschte er sich dieses Zeichen der Unterwerfung von seinen Burschen. Das gab ihm das Gefühl des Beherrschers der Welt, zumindest der kleinen an diesem Abend im Gästehaus.

Natürlich war Michel Aziz sehr neugierig, wie sich Njubu angesichts des Körpergeschirrs verhalten würde, und schaltete im Studierzimmer, in dem sich der Server der Aufnahmeanlage des Gästehauses befand, die Anlage und den Bildschirm ein.

Njubu befand sich mit Omar im Schlafzimmer und Omar erklärte ihm, dass er vor den Gästen zum Empfang niederzuknien hätte, ihnen die Füße zu küssen oder zumindest so zu tun hätte als ob. Und, ganz wichtig, sie als „Oh Exzellenz, mein Retter" zu begrüßen hätte.

Njubu war verwundert, aber dieses Ansinnen war in seinem Herkunftsland nicht ungewöhnlich beim Empfang hoher Herren. Er hatte sich nur nicht vorstellen können, dass dies in Österreich auch so sei.

Omar öffnete den Karton, nahm Njubus Bekleidungsstücke heraus und hielt ihm die Riemenkonstruktion hin. Njubu machte riesengroße Augen und konnte sich nicht erklären, was das sein sollte.

„Was ist das, Omar? Ich kenne so was nicht. Das ist doch keine Bekleidung!" Njubu war entsetzt.

Die Gelegenheit, den kleinen dahergelaufenen Günstling zu demütigen, kam Omar gerade recht. „Wenn du dich nicht sofort anstrengst, das Ding hier anzuziehen, musst du zurück ins Heim und morgen weg aus dem Heim", zischelte Omar boshaft. „Glaubst du, Aziz versteht Spaß, wenn du seinen Befehlen nicht folgst? Soll ich ihn rufen? Zuerst der Ledertanga, dann das Körpergeschirr! Davon geht die Welt nicht zugrunde, du willst doch Geld verdienen, oder nicht?"

„Natürlich, ja, ja", stammelte der verwirrte Njubu, während er sich mit dem Ledergewirr plagte. Teilweise waren die Riemen zu weit, aber sie konnten enger gestellt werden. Schließlich war er fertig, bis zum Halsband in Leder geschnürt, und bemühte sich, das Geschirr so angenehm wie möglich für seine Bewegungsfreiheit einzustellen.

„Ich verstehe nicht, warum ich das als Gastgeber tragen soll", beschwerte er sich bei Omar.

„Gastgeber, hihi! Du glaubst auch jeden Blödsinn. Du wirst schon sehen, was die Herren von dir wollen", hänselte ihn Omar.

Njubu wurde immer mulmiger zumute. Aber wenn er an das letzte Telefongespräch mit seinem Vater dachte, hatte er überhaupt keine andere Wahl als mitzuspielen. Egal, wenn er einen Unbekannten als Exzellenz und Retter begrüßen musste. Hauptsache, er konnte endlich Geld an seine Familie schicken.

Michel Aziz im Studierzimmer konnte sich nicht genug an Njubus Verwirrung und Unbeholfenheit ergötzen. Besonders daran, wie er sich mit dem ledernen Körpergeschirr abmühte. So etwas Anregendes und Unterhaltsames war ihm schon lange nicht mehr untergekommen.

Eigentlich konnte Michel Aziz es sich gar nicht leisten, sich mit einem seiner Schutzbefohlenen einzulassen, weil das seine Autorität untergrub. Aber Omar und Rahim mussten in den nächsten zwei Monaten die Wohngemeinschaft ohnehin wegen ihres vollendeten 18. Lebensjahres verlassen. Diese Schlingel waren sicher um einiges älter gewesen, hatten aber hemmungslos bezüglich ihres Alters gelogen. Dennoch war es jetzt so weit, dass sie offiziell zu alt für die Teilnahme an der „Wohngemeinschaft für Minderjährige" waren.

Ihm konnte das nur recht sein, wenn sie als jünger galten und er dafür den erhöhten Tagsatz kassieren konnte. Der einzige Nachteil dabei war, dass sie genauso wie Hamed immer aufsässiger geworden waren und glaubten, sich Freiheiten wegen ihrer Abende im Gästehaus herausnehmen zu können. Deswegen hatte er auch den mittlerweile besonders aufmüpfigen Hamed nicht mitgenommen. Regelmäßig musste er ihnen mit der Unterbringung in der Zentralaufnahme der Filoxenia drohen, um sie führbar zu halten.

Den unbedarften Njubu würde er sich schon zurechtbiegen, um seinen Neigungen zu frönen. Als einziger Schwarzer hatte er bei den anderen Mitbewohnern keinen guten Stand. Er konnte von dort keinerlei Unterstützung erwarten.

Als der mittlerweile bis auf seine Unterhose entkleidete Omar dazu überging, Njubu die Bedienelemente des Whirlpools zu erklären, wandte sich Michel Aziz ab und blickte auf die Uhr. Es war kurz vor 18 Uhr 30.

Genieße, was dir Gott beschieden

C. F. Gellert

Michel Aziz ging in den Garten und öffnete das Einfahrtstor für den Lieferwagen von Gustav Käfer, der pünktlich wie immer vorgefahren kam. Er parkte in der Einfahrt, Rahim erschien in der Tür und begann, die einzelnen Boxen in die Küche des Gästehauses zu tragen.

Es waren insgesamt sechs Stück, sowie fünf Getränketragen mit Champagner, Wein, Whisky und Mineralwasser.

„Gustav, mein Freund, pünktlich und verlässlich wie immer! Willst du auf einen Drink ins Haus kommen?"

„Nein danke, Michel, ich muss noch weiter, man erwartet mich schon bei einem Catering für einen Empfang in der Innenstadt. Ich wollte dir deine Lieferung wie immer persönlich vorbeibringen."

„Gustav, du bist eine Seele an Diskretion. Immer der Vollprofi. Hier hast du dein Geld, Wechselgeld brauche ich nicht."

Gustav Käfer zählte kurz nach, stellte fest, dass es dreitausend waren, also um hundert mehr, und sagte: „Michel, morgen Abend ist ein Fest der Schneiders, das ich betreue. Schau doch vorbei! Immer nur arbeiten, das ist nichts. Du musst dich auch einmal entspannen."

Wie wahr, wie wahr, das werde ich heute Abend schon machen, mein Freund, dachte Michel Aziz innerlich grinsend und erwiderte mit todernster Miene: „Gustav, du kennst mich, ich gehe ganz im meiner Sache auf. 24 Stunden im Dienst, immer am Ball. Aber so einer netten Einladung kann ich nicht widerstehen. Wir sehen uns morgen. Die Container holst du bei Gelegenheit ab."

„Kein Problem, wir sehen uns dann morgen. Ich freue mich. Also ciao, ciao!" Gustav Käfer stieg zufrieden in seinen Lieferwagen. Kunden wie Michel Aziz waren rar, denn die meisten versuchten ständig den Preis zu drücken und bei den Getränken zu sparen. Außerdem ging ohne Rechnung fast nichts mehr. Da waren diese kleinen, feinen Soireen im Gästehaus ein wohltuender, warmer Regen im knallharten Cateringgeschäft.

Michel Aziz wandte sich um und ging in die Küche des Gästehauses, wo ihn Njubu, Rahim und Omar fast vollständig entkleidet erwarteten.

„Also gut, wascht euch die Hände und fangt an, die Servierplatten schön anzurichten. Wehe ihr esst etwas von den Häppchen, die sind ausschließlich für die Gäste bestimmt!"

Rahim und Omar lächelten nur, denn sie wussten, dass sie später von den befriedigten Gästen ohnehin mit Häppchen gefüttert werden würden.

„Ihr könnt euch etwas von dem Käse, Brioche und dem Obst nehmen, damit der ärgste Hunger gestillt ist", fügte Michel Aziz großzügig dazu. „Vergesst nicht, den Champagnerkübel mit Eiswürfeln zu füllen und den Eiswürfelbehälter für den Whisky."

Teuersten Whisky mit Eiswürfeln zu malträtieren war für ihn zwar eine Geschmacksentgleisung erster Kategorie, aber alles, was seine Gäste glücklich machte, war ihm recht.

Michel Aziz sah den Jugendlichen zu, wie sie sich mit dem für sie vorgesehenen Käse und Obst stärkten. Diese guten Sachen bekamen sie normalerweise nicht. Mit wahrem Heißhunger stürzten sie sich darauf.

Njubu war besonders vom Brioche angetan. „Was ist das nur für ein gutes, süßes Brot? So etwas habe ich noch nie gegessen."

„Siehst du, Njubu, wie ich für meine Burschen sorge? Bei mir wird es dir immer gut gehen, wenn du folgsam bist", nützte Michel Aziz die Begeisterung seines Lieblings.

Es brauchte nicht lange, bis die für die Jugend vorgesehenen Speisen bis auf die letzte Weintraube verzehrt waren, und es blieb noch ein ganzes Weilchen Zeit bis zum Eintreffen der beiden Gäste.

Michel Aziz nahm Njubu mit in den Salon, um ihn über seine Aufgaben an diesem Abend aufzuklären. Die ganze Wahrheit konnte er ihm noch nicht sagen, aber er fühlte einmal vorsichtig vor.

„Also, Njubu, ein guter Gastgeber muss darauf achten, dass sich seine Gäste immer wohlfühlen und das bekommen, was sie wollen. Das gehört dazu. Du weißt, dass diese Herren zusammen mit mir dafür sorgen, dass es dir so gut geht. Deswegen haben sie sich diesen Abend verdient, wo wir sie hier verwöhnen werden."

„Jawohl, Herr Aziz, ich muss sie mit Exzellenz und mein Retter ansprechen."

„Mein Retter ist nur zur Begrüßung notwendig, aber Exzellenz als Anrede immer. Wenn sie hereinkommen, dann kniest du vor ihnen nieder, ziehst ihnen die Schuhe aus, reichst ihnen diese reich bestickten Hausschuhe und tust so, als ob du ihnen die Füße küssen würdest. Das gefällt ihnen und ist ein Zeichen deiner besonderen Dankbarkeit", instruierte ihn Michel Aziz.

„Du musst auch zu den Herren besonders lieb sein und ihre Freundlichkeiten erwidern, und falls sie dich liebkosen, das auch", schärfte ihm Michel Aziz ein.

„Selbstverständlich mache ich das", versicherte der ahnungslose Njubu im Brustton der Überzeugung.

„Exzellenz heißt es da heute Abend. Und wenn du den Herren deine Dankbarkeit ausreichend bewiesen hast, dann darfst du sie auch mir beweisen und bekommst ein gutes Trinkgeld."

Darauf freute sich Michel Aziz schon die letzten Tage und er konnte es gar nicht erwarten, mit Njubu in intensiven Körperkontakt zu kommen. Er musste mit Mühe an sich halten, um ihn nicht jetzt sofort hinauf in den Whirlpool zu schleppen, aber es war nicht mehr ausreichend Zeit und er wollte auch nicht, dass die anderen zwei etwas mitbekamen. Besser Omar und Rahim waren mit Kemal Özyrek und Pater Hermann beschäftigt und konnten ihn mit Njubu nicht beobachten.

„Jawohl, Exzellenz, Sie können sich auf mich verlassen", versicherte Njubu ehrerbietig. Er wollte sich die Chance auf Geld und gutes Leben nicht vermasseln.

Es blieb keine Zeit mehr für weitere Belehrungen, denn der erste Gast in Gestalt von Pater Hermann betrat schon das Haus. Pater Hermann verfügte selbstverständlich über einen Schlüssel zum Gästehaus der Filoxenia.

„Gott zum Gruß, lieber Aziz! Oh, ein neuer Gastgeber?", sprach er beim Aufsperren, als er Michel Aziz und Njubu in der Diele sah.

„Das ist Njubu, unsere afrikanische Perle. Er muss noch lernen, wie man die Gäste stilvoll begrüßt", sülzte Michel Aziz und versetzte dem erstarrten Njubu einen ziemlich starken Schubs in Richtung Pater Hermann.

Njubu, der wie gebannt auf den Geistlichen mit Kollar gestarrt hatte, fiel unterwürfig auf die Knie, titulierte, wie er sollte, und wechselte wie vorgesehen die Schuhe gegen die exotischen Pantoffeln.

„Sehr fein macht er das, ein unverdorbenes frisches Talent", lobte ihn Pater Hermann.

„Nur herein, Pater Hermann. Der Champagner ist für Sie schon kalt gestellt. Lassen Sie den Arbeitsstress draußen und entspannen Sie sich!"

„Danke, Aziz, danke. Sie wissen gar nicht, wie nötig ich das habe."

Du aufgeblasener Sack, dachte Michel Aziz im Stillen. Du machst doch gar nichts anderes als irgendwelche Formulare auszufüllen und dabei Unterstützungsgelder für die Filoxenia abzugreifen. Das klassische Zitat des Wiener Alt-Bürgermeisters, „Wenn ich 22 Stunden arbeite, bin ich am Dienstagmittag mit der Arbeit für die ganze Woche fertig", trifft auf dich voll zu.

Freundlich lächelnd und äußerst fürsorglich geleitete er Pater Hermann an die Bar und winkte dabei Njubu und den anderen zu, sich zurückzuziehen. Michel Aziz entkorkte den Louis Roederer Cristal elegant und hochdramatisch mit Säbel und Engelsfürzchen und schenkte Pater Hermann in einen schönen, flachen, geschliffenen Kristallkelch ein. Selbst nahm er sich ein Perrier und prostete Pater Hermann damit zu.

„Mit Mineralwasser darf man ja gar nicht mit so einem edlen Getränk anstoßen. Erzählen Sie, was gibt es Neues? Was kann ich für Sie tun?"

„Ah, Aziz, wenn Sie wüssten. Die Schlepper werden immer erfinderischer und deponieren ihre Kunden bestens instruiert bei uns. Die ganz Schlauen stehen mit unserer Adresse direkt vor unserer Tür und schreien laut nach Asyl."

„Unglaublich, wie dreist! Sind wieder Minderjährige dabei?", hakte Michel Aziz nach, denn er benötigte dringend wieder neue Bewohner für seine Wohngemeinschaft unbegleiteter Minderjähriger angesichts des Ablaufdatums von Hamed, Omar und Rahim.

„Doch, doch. Können Sie noch vier Leute unterbringen? Damit unser Arbeitsessen heute Abend den geschäftlichen Teil erledigt hat."

„Oh mein Gott, wie unangenehm für Sie, so Knall auf Fall. Das wird nicht einfach", zierte sich Michel Aziz künstlich. Es war gar nicht gut, seine Begehrlichkeit zu offen zur Schau zu stellen. „Aber Pater Hermann, für Sie und die Filoxenia mache ich das Unmögliche möglich und wandle übers Wasser, wenn Ihnen damit gedient ist."

„Tragen Sie da nicht ein bisschen dick auf?", ermahnte in Pater Hermann.

„Wenn man weiß, wo die Steine liegen, nicht", erwiderte Michel Aziz mit dem uralten Witz. „Wann und wie sollen diese unbegleiteten Minderjährigen in unsere Wohngemeinschaft kommen?"

„Am besten Sie holen sie gleich morgen in der Schlafstelle in der Stadt ab, dann müssen wir sie nicht in die Zentralaufnahme am Land schicken und Sie sie nicht von dort holen."

„Selbstverständlich mache ich das. Wir werden sie gut unterbringen. Dann müssen halt die älteren Burschen vorerst ein bisschen zusammenrücken. Wir könnten schon noch ein paar zusätzliche Betten brauchen."

„Gerne, besprechen Sie das doch mit dem Manfred Engel, der ja für Ausrüstung und Materialien zuständig ist."

„Das mache ich gleich morgen, wenn ich die Jugendlichen abhole", versicherte Michel Aziz mit derselben Zufriedenheit, die eine Katze verspürt, wenn sie eine Maus gefangen hat.

Ein Klingeln verkündete die Ankunft Kemal Özyreks. Michel Aziz klatschte in die Hände und winkte Omar, der mit Njubu in der Tür erschien, den Ankömmling gebührend zu empfangen.

Kemal Özyrek trat kurz darauf in den Salon und rief bestens gelaunt: „Guten Abend, meine Herren, wie geht's, wie steht's, hoffentlich noch immer gut?"

„Özyrek, Ihr Humor ist wirklich etwas deftig", begrüßte ihn Michel Aziz mit dem üblichen verschwörerischen Handschlag zwischen ganzen Männern. „Ein kleiner Schluck zum Aufwärmen und danach noch ein Happen?"

„Gerne, gerne, lieber Aziz. Ich freue mich schon den ganzen Tag darauf."

„Ich habe heute Abend auch etwas Besonderes für Sie beide. Njubu betreut uns heute das erste Mal."

„Wie schön, er ist mir schon bei der Begrüßung positiv aufgefallen. Er hat so etwas Frisches und Graziles", schwärmte Kemal Özyrek und nahm einen tiefen Schluck aus seinem Glas, wobei er schmachtend auf den mit einer Canapé-Platte in Händen erscheinenden Njubu blickte.

Auch Pater Hermann taxierte Njubu, wenn auch etwas weniger auffällig, und drückte sein Wohlgefallen lobend aus: „Na heute gibt es ja nicht nur Köstlichkeiten zum Essen, das Dessert quasi als Entree."

Njubu verstand von alldem nichts, tat so, als hätte er nichts gehört und bot seine Platte mit großer Eleganz Pater Hermann dar. Der berührte wie zufällig seine Hände und Njubu schreckte unwillkürlich zurück.

„Na, na, so g'schreckt, junger Mann? Gehn's, Aziz, geben Sie ihm etwas zu trinken, dann wird er lockerer", meinte Pater Hermann. Er saß auf der großen Klubgarnitur wie ein Pascha und genoss sichtlich Njubus Unsicherheit. Auch Kemal Özyrek war angenehm von Njubus Unschuld belustigt.

„Komm her da und trink einen Whisky mit mir. Du

wirst sehen, das wird dir alles einen Riesenspaß machen."
Er schenkte mindestens einen vierfachen Whisky in ein
wunderschönes Bleikristallglas und reichte es Njubu, der
zuerst zögerte, sich aber dann ein Herz nahm und einen
großen Schluck der honigbraunen Flüssigkeit zu sich
nahm. Er hatte schon von Whisky gehört und dass er
viel zu stark zum Trinken sein sollte, aber dieser hier war
sanft und angenehm im Geschmack und wohl bekömmlich. Er nahm gleich einen zweiten Schluck.

„Na sachte, mein Freund", ermahnte ihn Kemal Özyrek. „Unterschätze den Whisky nicht. Der wirkt erst ein
bisschen mit Verzögerung."

„Aber bei der jungen Leber spielt das keine Rolle! Las-
sen Sie ihn doch eine gute Erfahrung machen", warf
Pater Hermann ein. „Das ist sicher dein erster Whisky im
Leben, nicht wahr?"

„Jawohl, Exzellenz, aber er schmeckt gut, viel besser,
als immer gesagt wird", wagte Njubu zu antworten.

„Ein Mensch mit einfachem Geschmack, das Beste ist
für ihn gut genug", lachte Pater Hermann. „Wir befinden
uns also in guter Gesellschaft."

„Na, machen wir es uns bequem", sagte Kemal Özyrek
und ging ins Obergeschoß, um sich dort auszuziehen. Es
gab im Wellnessbereich einen Schrank für das Aufhän-
gen der Kleidung sowie für die Aufbewahrung der üppig
bestickten, seidenen Morgenmäntel der Gäste.

Pater Hermann folgte ihm auf dem Fuß, Michel Aziz
zog es vor, sich im Wirtschaftsraum zu entkleiden. Er
hatte dort seinen persönlichen Schrank, außerdem wollte

er einen gewissen privaten Abstand wahren, so hatte er es den Gästen einmal erklärt.

Das war zwar kindisch und ziemlich manieriert, denn wenn man alle intimen Details einer Orgie miteinander teilte, war es wohl nachrangig, wer sich wo mit wem gemeinsam dafür entkleidete. Er brauchte jedoch einen Vorwand, um das Filmaufnahmesystem für den Salon heimlich in Betrieb zu setzen.

Wer morgens betet, hat den ganzen Rest des Tages Zeit für Spaß und Sauereien

M. Monroe

Pater Hermann, von Natur aus ein fauler Mensch, besaß das große Talent, die Verdienste anderer in salbungsvoller Perfektion als seine eigenen darzustellen.

Zusätzlich verfügte er über einen teflonbeschichteten Schutzpanzer für sein Gewissen, an dem alle Selbstzweifel über eigene Verfehlungen abglitten wie das Wasser an einem Fisch. Außerdem war er äußerst geschickt darin, seine Fehler anderen in die Schuhe zu schieben.

Die idealen Voraussetzungen für eine Karriere in der Verwaltung also.

Der bittere Stachel in seinem Fleisch war seine zugewiesene Position in der Filoxenia – als Administrator, zuständig für die Unterbringung der Migranten. Das konnte seine brennende Machtgier und sein Lechzen nach Verehrung nicht im entsprechenden Ausmaß befriedigen. Nur der Auftritt im Mittelgang des Doms als Kirchenfürst im vollen Ornat mit den Insignien seiner Macht, wie Mitra und Bischofsstab, bei einem Hochamt mit rauschender Orgelmusik könnten das bewerkstelligen.

Die Versetzung zur Filoxenia hatte er seinem alten Pater Provinzial Gottfried zu verdanken, der seinen wahren Charakter klar erkannt hatte und Pater Hermann folgerichtig dorthin versetzt hatte, wo er seiner Ansicht nach den geringsten Schaden anrichten konnte. Leider hatte selbst der weitsichtige Pater Gottfried nicht ahnen können, welche Umtriebe Pater Hermann an dieser Stelle ermöglicht wurden. Pater Hermanns Trost in Bezug auf Pater Gottfried war es, dass dieser schon längst wegen eines Herzinfarktes das Irdische gesegnet hatte und im Paradiese weilte.

Nur ab und zu hatte Pater Hermann, der sich trotz seiner Berufung noch keine endgültige Meinung über die Möglichkeiten eines endlichen oder ewigen Lebens gebildet hatte, Befürchtungen, dass ihn Pater Gottfried bei seinem schändlichen Treiben zusah und an höherer Stelle Meldung darüber erstattete.

Pater Hermann war ein strenger, dafür ungerechter Chef. Nach oben gebeugt und nach unten hart, war er die Verkörperung des geborenen Radfahrers. Trotzdem begriff es Pater Hermann nicht, warum er bei seinen Mitarbeitern nicht beliebt war. Weder bei den Fix-Angestellten noch bei den feschen jungen Zivildienern löste er Begeisterung aus, denn niemand hatte Lust, den Blitzableiter für seine Wutanfälle zu geben. Besonders die Zivildiener hatten es Pater Hermann angetan, aber er übte sich diesbezüglich in größtmöglicher Zurückhaltung. Schließlich gab es die Abende im Gästehaus der Filoxenia für die ihm notwendige Zuwendung.

Pater Hermann hatte eine Leidenschaft für Kardinalrot und diese Grundfarbe hatte auch sein Morgenmantel, der mit einem großen Drachen als Glückssymbol bestickt war. Der Pater war von gedrungener Gestalt und da er zu einem unschönen Fettansatz in der Hüftgegend

neigte, glich er zunehmend einer überreifen Williams-
birne. Sein schütteres, mittlerweile ergrautes, spärliches
Haupthaar klebte ihm zumeist verschwitzt an seinem
rundlichen Schädel. Seine ausdruckslosen, kurzsichtigen
Augen starrten durch die besonders starken und schlecht
geschliffenen Brillengläser mit der Freundlichkeit einer
Königskobra.

Die Leidenschaft zu Kardinalrot lag in seiner Ambi-
tion zu hohen kirchlichen Würden begründet. Als eine
der größten Ungerechtigkeiten seines Lebens empfand er
die Tatsache, dass im Orden und in der Diözese niemand
seine überragenden Fähigkeiten und sein Genie anerkannt hatte. Statt im Sekretariat des Kardinals als Start-
plattform für höhere geistliche Würden arbeiten zu können, war er zur Filoxenia abkommandiert worden. Er war
der festen Überzeugung, dass ihm eines Tages der Kardi-
nalshut zustünde.

Deshalb hatte er sich auf eigene Kosten heimlich mit
den entsprechenden Kleidungsstücken für einen Kardinal ausgestattet. Von Zeit zu Zeit war es für ihn befriedi-
gend und stimulierend, als Kardinal gewandet im vollen
Ornat durch sein Zimmer zu schreiten und sich wohlgefällig im Spiegel zu betrachten. Zwar nicht mit am Rücken
aufgesticktem Drachen, dafür aber vorne mit Pektorale.

Kemal Özyrek trug einen Morgenmantel in schwarzer
Grundfarbe. Michel Aziz bevorzugte grüne Seide.

Der Mohr hat seine Schuldigkeit getan

F. Schiller

Njubu war inzwischen etwas entspannter geworden, denn er hatte sein Glas Whisky geleert und der Alkohol fing langsam an zu wirken.

Rahim und Omar standen etwas gelangweilt neben der Bar. Michel Aziz erschien zuerst in seinem grünen Seidenmantel und hielt verstohlen etwas in der Hand, das wie eine Hundeleine aussah.

„Na, Njubu, wie gefällt es dir bis jetzt?", wollte Michel Aziz von ihm wissen.

„Dass Whisky so gut schmeckt, hätte ich nie gedacht. Darf ich noch etwas davon haben?"

„Nur einen kleinen Schluck, du bist nicht zu deinem Vergnügen da, sondern zu dem der Gäste. Ich schenke dir nur ein bisschen ein", erwiderte Michael Aziz etwas streng. Er hatte tatsächlich Angst, dass der Alkohol für Njubu zu stark sein könnte und er dann für nichts mehr zu gebrauchen wäre.

Er trat mit diesen Worten an die Bar, schenkte ein, reichte Njubu das schwere Bleikristallglas und legte ihm von hinten die Hand auf die Schulter. Diese Aktion benützte er dazu, die Leine hinten in Halshöhe auf dem Lederanzug Njubus zu befestigen.

Njubu drehte sich hektisch um, um festzustellen, was Michel Aziz da mit ihm machte. Dabei schüttete er sein Getränk aus.

„Na sachte, langsam, warum so heftig? Schau, was du gemacht hast, der teure Whisky!", tadelte Michel Aziz.

„Was machen Sie da, Herr Aziz?"

„Heute Abend heißt das Exzellenz! Sei doch nicht so hysterisch, du wirst schon sehen, wofür das gut ist."

Omar und Rahim kicherten belustigt, denn sie konnten es gar nicht erwarten, Njubu seine ersten Erfahrungen als Lustknabe machen zu sehen.

„Komm, ich schenke dir noch einen Whisky ein, weil du deinen verschüttet hast", versuchte Michel Aziz den erregten Njubu abzulenken.

Da kamen Pater Hermann und Kemal Özyrek herein und nahmen auf Sofa und Fauteuil Platz. Rahim gesellte sich zu Pater Hermann und Omar zu Kemal Özyrek.

„Exzellenz, darf ich Sie etwas verwöhnen?", fragte Rahim und griff Pater Hermann unter seinen geöffneten Morgenmantel.

Omar ging vor Kemal Özyrek auf die Knie und beugte seinen Kopf in dessen Schoß.

Njubus Augen schossen fast aus ihren Höhlen. Damit hatte er wirklich nicht gerechnet und es nicht wahrhaben wollen.

Michel Aziz legte den Arm um Njubus Schulter und sagte: „Komm auf die Bank, mein Freund, ich zeige dir, wie man einen Mann richtig verwöhnt."

Njubu schüttelte die Hand von der Schulter und rief ganz erregt: „Ich kann das nicht, ich will das nicht."

Die Konstruktion war so vorgesehen, dass Njubu zuerst mit der Leine an der Bank festgebunden werden sollte, damit er dort fixiert wäre und leichter zu den erwünschten Handlungen von Oral- und Analverkehr gebracht werden könnte.

„Ich habe gedacht, dass du ein guter Gastgeber und recht freundlich sein willst. Setz dich mit mir auf die Bank", sagte Michel Aziz und zog an der Halsleine.

Njubu fühlte sich gewürgt und schrie: „Nein, bitte nicht, nein!" Er zog an der Leine, aber Michel Aziz hielt dagegen. Sein Widerstand weckte natürlich das sadistische Interesse der Anwesenden.

„Na so was, da haben wir ja einen ganz Wilden, dem man erst Manieren beibringen muss", meinte Pater Hermann.

„Soll ich dabei helfen?", fragte Rahim mit glänzenden Augen. Njubu richtig eins reinzuhauen war schon lange sein Wunsch gewesen, eigentlich seit er in der Wohngemeinschaft aufgetaucht war.

Kemal Özyrek und Omar hielten ebenfalls inne und Omar meinte trocken: „So ein Idiot, warum stellt er sich so an?"

„Rahim, halt ihn fest und drück ihn auf die Bank!", befahl Michel Aziz. Rahim trat vor Njubu, packte ihn an seinen Oberarmen und drückte ihn auf die Bank, während Michel Aziz die Leine an einer Öse der Bank befestigte und versuchte sie festzuziehen.

Njubus enorme Angst verlieh ihm Bärenkräfte. Sobald Rahim seinen Griff etwas lockerte, boxte er ihn mit aller Macht in die Genitalien, worauf Rahim zu Boden ging. Njubu sprang auf, riss mit der Leine die Bank um und schrie lauthals: „Ich mache das nicht und werde das niemals machen! Lasst mich in Ruhe! Hilfe! Zu Hilfe!"

Njubus kräftiges Geschrei erfüllte den Salon, das Haus und wahrscheinlich die ganze Straße, so befürchtete Michel Aziz, denn sein durchdringendes Organ hätte einem Feldwebel auf dem Exerzierplatz alle Ehre gemacht.

„Njubu, beruhige dich doch. Du musst gar nichts machen, was du nicht willst", versuchte Michel Aziz den vollkommen Aufgebrachten zu beruhigen. Njubu schrie weiter um Hilfe. Dieses Geschrei war der Diskretion nicht förderlich. Njubu konnte sich nicht beruhigen, wahrscheinlich wirkte der Whisky in unerwünschter Weise in ihm.

Michel Aziz griff in seiner Verzweiflung nach einer Perrier-Flasche und schlug sie ihm von hinten auf den Kopf, um ihn zum Schweigen zu bringen. Das wirkte. Njubu schwankte, fiel zusammen und schlug mit der Schläfe auf die mit Schmiedeeisen versehene Kante der Bank. Er blieb leblos liegen.

Alle wirkten wie erstarrt. Michel Aziz beugte sich zu ihm hinab und schüttelte ihn an der Schulter. Njubu zeigte keinerlei Lebenszeichen. Michel Aziz suchte nach seinem Puls am Hals und konnte ihn in seiner Aufregung nicht finden. Er versuchte es sofort mit Wiederbelebungsmaßnahmen wie künstlicher Beatmung und Herzmassage. Keine Reaktion.

Es überlief ihn gleichzeitig heiß und kalt. Ein Toter im Gästehaus der Filoxenia! Er konnte jetzt auf keinen Fall die Rettung verständigen, das wäre der größte Skandal. Die Folgen wären nicht auszudenken.

Michel Aziz' Gesicht nahm eine olivgrüne Färbung an. Er erklärte den vor Schreck erstarrten Pater Hermann und Kemal Özyrek: „Ich werde mich um die Versorgung von Njubu kümmern. Es ist für alle Beteiligten besser, wenn Sie mir das alleine überlassen und jetzt gehen."

„Eine gute Idee, Aziz. Falls wir gefragt werden: Sie haben doch sicher gesehen, wie mich der Bursche attackiert und gewürgt hat?", sprach Pater Hermann und begab sich sofort in den ersten Stock zu seiner Kleidung. Kemal Özyrek war sprachlos, folgte aber umgehend seinem Beispiel.

Njubu lag weiterhin leblos da und blutete etwas an der Schläfe. Michel Aziz ging in sein Wirtschaftszimmer, schaltete die Anlage aus und bekleidete sich ebenfalls, genauso wie Omar und Rahim im Wellnessbereich.

Alle trafen ziemlich gleichzeitig wieder im Salon ein.

„Also, dass Sie die Lage mit diesem aggressiven Njubu so falsch eingeschätzt haben, das ist ein starkes Stück. Das spricht nicht für Sie, Aziz", meinte Pater Hermann pikiert. „Schauen Sie, dass Sie diesen Burschen so rasch wie möglich ins Spital bringen. Kemal Özyrek und ich waren beide heute Abend natürlich nicht hier."

Kemal Özyrek nickte bestätigend.

„Selbstverständlich, Pater Hermann", murmelte Michel Aziz. „Ich werde alles Nötige veranlassen."

„Etwas anderes möchte ich Ihnen gar nicht geraten haben. Adieu." Mit diesen Worten verließ Pater Hermann mit fliegenden Rockschößen in selbstgerechter Empörung und mit Kemal Özyrek im Schlepptau das Haus.

Was mache ich nur? Ich kann doch den Burschen nicht anonym im Spital abgeben. Das gelingt mir nie und nimmer. Michel Aziz war wahrhaft verzweifelt.

Er unternahm noch einmal einen Versuch, Njubu zum Leben zu erwecken. Er befreite ihn von der verhedderten Leine, drehte ihn auf den Rücken und versuchte wieder viel zu spät Herzmassage und Beatmung. In vollkommener Panik setzte er die Wiederbelebungsmaßnahmen ohne erkennbaren Erfolg einige Minuten fort.

Rahim und Omar beobachteten ihn fasziniert. Schließlich stellte Rahim fest: „Ich glaube, er ist wirklich tot. Da hilft nichts mehr."

Eine bleierne Stille entstand. Die beiden Burschen blickten verlegen auf den toten Njubu, der in seiner Lederkluft vollständig friedlich vor ihnen lag. Schließlich brach Omar das schier endlose Schweigen: „Was sollen wir jetzt tun?"

Michel Aziz war noch immer olivgrün im Gesicht. Ihm war sterbensübel. Er konnte es nicht fassen, dass sein Schlag solche entsetzliche Folgen gehabt hatte. Er hatte den dummen Kerl doch nur zum Schweigen bringen wollen. Welch unglücklicher Sturz! Wie unheimlich unwiderruflich und schrecklich das alles war!

„Wir müssen ihn hier wegbringen. Helft mir, ihn ins Auto zu tragen", befahl Michel Aziz.

Omar und Rahim mühten sich erfolglos, den leblosen

Körper von Njubu irgendwie anzuheben. Da der Leichnam ein echtes, totes Gewicht darstellte und keine Muskelspannung vorhanden war, entglitt ihnen der Körper ständig. Auch der Versuch, ihn an den Lederriemen seines Anzugs hochzuheben, war ein Schlag ins Wasser, weil die Schnallen des Anzugs nachgaben.

Michel Aziz sah ihnen bei ihren unbeholfenen Versuchen zu und bemühte sich, seine Fassung wiederzugewinnen. Nach dem x-ten erfolglosen Versuch von Omar und Rahim befahl er ihnen den Körper in den Teppich, auf dem er lag, zu rollen.

Die Burschen atmeten erleichtert auf, rollten die menschlichen Überreste des von ihnen ungeliebten Njubu in den Perserteppich und schoben ihn samt Teppich auf die Ladefläche des Transporters.

In Anbetracht der Gräuel, die ihnen auf ihrem Weg nach Europa untergekommen waren, handelte es sich hier für sie vergleichsweise um eine Kleinigkeit. Blöd gelaufen, das war alles.

„Fertig?", fragte Michel Aziz, als sie wieder in den Salon kamen. Er hatte sich jetzt selbst, obwohl er das nicht sollte, einen mehr als ordentlichen Whisky eingeschenkt, um mit den Folgen seines Schocks zurechtzukommen.

Die beiden nickten nur und Michel Aziz befahl ihnen, in der Küche aufzuräumen. Das bedeutete natürlich, dass das vorhandene Essen beseitigt werden musste. Damit hatten Omar und Rahim überhaupt keine Probleme, denn solch schmackhafte Speisen wie die Häppchen von

Gustav Käfer waren paradiesisch im Geschmack und den Appetit hatte es ihnen wegen Njubu nicht verschlagen.

Sie benötigten auch nicht lange, um in der Küche Tabula rasa zu machen und alles bis auf den kleinsten Krümel zu vertilgen. Michel Aziz hatte sich einstweilen schon durch das zweite Glas Whisky gearbeitet und war aufgrund seiner Alkoholisierung halbwegs gefasst.

Omar hatte schon den Führerschein erfolgreich in Angriff genommen und der Transporter war mit dem L-Zeichen versehen. Es war durchaus nützlich für Michel Aziz, seine Schützlinge für Fahrtendienste bei der Filoxenia zur Verfügung stellen zu können. Dafür bekam er zusätzliche Entgelte für seine Wohngemeinschaft.

„Omar, ihr bringt den Leichnam weg, werft ihn bei der Brigittenauer Brücke in die Donau, die ist ja nicht so weit weg. Jetzt ist es ohnehin finster und keiner sieht euch. Den Teppich müsst ihr wieder zurückbringen. Holt mich nachher hier ab. Ich muss hier noch aufräumen", befahl Michel Aziz.

„Jawohl, Herr Aziz. Sollen wir dann draußen auf Sie warten?", fragte Omar dienstbeflissen.

„Ihr müsst den Teppich wieder hereinbringen und auflegen, damit alles ordentlich ist. Und kein Wort zu irgendjemandem, sonst sage ich, dass ihr ihn erschlagen habt", erwiderte Michel Aziz mit bereits leichtem Zungenschlag.

Die Burschen verschwanden Richtung Transporter und Michel Aziz goss sich noch einen Whisky ein. Wenn er schon Alkohol zu sich nahm und sich dem Risiko eines

Rückfalls aussetzte, dann wenigstens nur den besten und ordentlich viel. Es beutelte ihn heftig, sobald er an Njubus Schreierei, seinen Schlag mit der Flasche und den unglücklichen, tödlichen Fall auf die Eisenkante der Sitzbank dachte.

Sein verfluchtes Pech hatte schon wieder zugeschlagen. Kaum lief alles halbwegs gut, kam so ein Malheur dazwischen. Zuerst der Rudi und jetzt Njubu. Wegen der Leiche Njubus machte er sich weniger Sorgen. Der starke Donaustrom würde schon für deren Verschwinden auf Nimmerwiederschen sorgen.

Als Rahim und Omar viel zu rasch wieder auftauchten, um den Teppich im Salon abzulegen, trank er rasch noch den letzten Rest der Flasche aus. Er bemühte sich redlich, das Gästehaus abzuschließen und halbwegs gerade bis zum Transporter zu kommen.

„Falls euch jemand nach Njubu fragen sollte, dann ist er einfach weggelaufen", wies er seine Burschen auf der Rückfahrt an. Diese murmelten bestätigend.

Anruf in der Früh – ein Tag voller Müh'

I. Klausenburg

Das Telefon riss den friedlich schlafenden Major Siegfried Wagner aus dem Tiefschlaf. Fluchend griff er nach seinem auf dem Nachtkasten liegenden Handy. Am anderen Ende ließ sich Ottos forsche und zu Wagners Entsetzen aufreizend muntere Stimme vernehmen.

„Ein männlicher Toter auf der Donauinsel. Bei der Brigittenauer Brücke. Ein Hundebesitzer konnte nicht schlafen und hat seinem Köter auch keinen Schlaf gegönnt. Glaubte, er muss mit ihm durch die Nacht hatschen. Den Hund hat er dann frei laufen lassen und der hat eine Leiche halb im Wasser liegend gefunden. Er hat vernünftigerweise sofort bei uns angerufen. Die Kollegen von der Streife waren nicht weit weg und schnell dort. Laut den Kollegen vor Ort weist der Tote starke Verletzungen am Kopf auf. Vermutlich was für uns. Die Kollegen sichern den Ort ab und warten auf uns. Die Kriminaltechniker habe ich verständigt und unsern Herrn Doktor auch. Die müssten gleich dort sein. Und das Beste kommt noch: Der Tote ist recht bizarr bekleidet, vielmehr gar nicht. Er trägt praktisch eine Lederverschnürung. Wenn du mich fragst, sieht das nach schwulen Sadomaso-Spielchen aus. Aber komm und sieh. Ich hole dich ab, okay?"

„Gib mir bitte zehn Minuten zum Anziehen", erwiderte Wagner und unterdrückte einen herzhaften Fluch. Das hat mir noch gefehlt, dachte er. Alle Pläne dahin.

Schon wieder war es Samstag. Zwar hatte er ab Mittag Bereitschaftsdienst, aber innerlich doch gehofft, von Einsätzen verschont zu bleiben.

Obwohl er mit Leib und Seele Polizist war, dachte er in diesen Situationen manchmal an ein beschauliches Leben als Beamter bei der Wiener Stadtverwaltung – so, wie es sich seine Eltern für ihn vorgestellt hatten. Wahrscheinlich tödlich langweilig. Solche Gedanken waren deshalb auch nur von sehr kurzer Dauer.

Eigentlich ist es nicht eilig, dachte Wagner, der Tote stellt nichts mehr an und Gefahr scheint auch nicht zu drohen. Aber was soll es. Otto live, immer der Hektiker!

Die Fahrt durch die stillen Straßen zur Donauinsel dauerte nur wenige Minuten. Dort wies ihnen helles Licht aufgeblendeter Scheinwerfer den Weg.

Wagner musste trotz der gar nicht lustigen Situation innerlich schmunzeln. Wie im Krimi, und ich mal wieder an vorderster Linie dabei. Dann wollen wir mal. In Gedanken ging er schnell noch einmal durch, an was zu denken war. Auf seine Umwelt machte er immer den Eindruck des lässigen, coolen Typen. Das traf aber ganz und gar nicht zu: In Einsatzsituationen wie dieser dachte er sehr systematisch und rational. Nur nichts vergessen, kühlen Kopf behalten und ruhige Souveränität ausstrahlen. Das wirkte auch sehr positiv auf seine in solchen Situationen manchmal etwas konfuse Umgebung. Und, das hatte er schon zu oft erlebt: Gab es in den ersten 48 Stunden keine heiße Spur, wurde es meist eine längere Angelegenheit.

„Bleib stehen, Otto, vielleicht gibt es noch brauchbare Spuren, die noch nicht vernichtet sind." Otto fuhr rechts ran und stellte den Motor des Audi ab. Also gingen sie die letzten Meter zu Fuß zum Ufer. Zwei uniformierte Kollegen von der Streife standen etwas abseits, wohl um nicht die Arbeit der zwei Kriminaltechniker in ihren weißen Arbeitsanzügen zu behindern. Der Gerichtsmediziner Dr. Kratochwil kniete neben dem Toten, der auf dem Rücken auf einer silberfarbenen Rettungsfolie lag.

„Guten Morgen allerseits", grüßte Wagner in die Runde. Die in ihre Arbeit Vertieften antworteten mit Kopfnicken.

Lediglich einer der beiden Streifenbeamten meinte: „Ein Ne- äh Farbiger."

„Das sehe ich selbst", erwiderte Wagner etwas unfreundlicher als beabsichtigt. „Nun, Herr Doktor?"

„Am besten gleich einen Autopsiebericht, wie üblich?", erwiderte Dr. Kratochwil.

„Nein, nur Ihren ersten Eindruck."

„Nun ja, tot ist er höchstens seit sechs bis sieben Stunden, würde ich einmal sagen. Ein auffallend hübscher, junger Bursch. Er hat eine Platzwunde am Hinterkopf und eine an der Schläfe. Ob das tödlich war, kann ich so nicht sagen. Vielleicht ist er auch ertrunken, er lag mit dem Gesicht im Wasser. Außerdem hat er einen durchaus interessanten Geschmack, was sein Outfit betrifft. Etwas unbequem, denke ich, aber das ist wohl Absicht. Wenn ich ihn auf meinem Arbeitstisch habe, kann ich mehr sagen."

„War Ihrer Ansicht nach Gewalt im Spiel oder könnte es auch ein Unfall gewesen sein?"

„Schwer zu sagen. Aber aus eigener Kraft kann er kaum hierhergekommen sein und ich kann mir nicht vorstellen, dass er sich die Verletzungen hier zugezogen hat. Außerdem hat er gar nichts bei sich und ohne Handy gehen die doch nicht aus dem Haus. Also war vermutlich noch jemand mit im Spiel."

„Danke, Herr Doktor. Habt ihr schon irgendwelche Spuren?" Die Kollegen von der Spurensicherung schauten auf.

„Nein, bisher nichts auf den ersten Blick Brauchbares, aber wir packen alles ein. Vielleicht finden sich ja irgendwelche Spuren vom Täter, wenn es einen gab", erwiderte einer der Kriminaltechniker. Wagner kannte ihn vom Sehen, der Name fiel ihm aber im Augenblick nicht ein. Das ging ihm häufig so.

Schottenring I

Wagner schaltete das Licht in seinem Büro an. Die Luft war abgestanden und roch nach Akten. Jetzt ein Kaffee. Ein guter Kaffee. „Otto, wirf die Maschine an!"

Er dachte nach, was als Nächstes zu tun wäre. Der Staatsanwalt musste benachrichtigt werden. Und der Chef. Oberstleutnant Kraus. Es war kurz vor sechs Uhr. Oder sollte er noch etwas warten? Der Chef liebte es, sofort informiert zu werden, und neigte dazu, den vorgesetzten Stellen und der Öffentlichkeit die Ermittlungserfolge der Abteilung als Ergebnis – nahezu ausschließlich – seiner eigenen, genialen kriminalistischen Intuition zu verkaufen. Ein gewisses Maß an Eitelkeit war ihm nicht abzusprechen.

Andererseits stellte er sich bei Problemen vor die Mitarbeiter seiner Abteilung und ließ sie weitgehend ohne Einmischung ihre Arbeit machen, solange sie von Erfolg gekrönt war. Im Moment lag ja außer der Tatsache, dass ein vermutlich durch Gewalt getöteter, junger Farbiger an der Neuen Donau aufgefunden worden war, keinerlei Erkenntnis vor. Kein Verdacht, nichts. Wenn sich bis zum Montag keine heiße Spur ergab, würde der Chef sicher eine kleine SOKO bilden.

Aber bis dahin konnte sich noch einiges ergeben. Vielleicht sogar eine Lösung des Falles, sofern es einer war. Etwas viel Optimismus, dachte er. Wagner entschied, den Bereitschaftsstaatsanwalt sofort in Kenntnis zu setzen.

Der Chef konnte noch etwas warten. Vielleicht ergaben sich in Kürze noch einige erhellende Hinweise in der Sache.

Die Nacht war jedenfalls vorbei. Es hatte überhaupt keinen Sinn, sich nochmals für ein, zwei Stunden hinzulegen. Zumal er sowieso nicht schlafen würde. Bereitschaft hatte er ohnehin. Otto brauchte er nicht zu fragen. Erstens hatte der auch Bereitschaft und zweitens kannte er den Kollegen gut genug, um zu wissen, dass er voller Tatendrang war. Manchmal beängstigend voller Tatendrang. Also an die Arbeit.

Das nächstliegende Problem würde erst einmal sein, die Identität des Toten festzustellen.

Wenn er Asylsuchender war oder als Tatverdächtiger in Erscheinung getreten war, müsste er eigentlich mit Lichtbild und Fingerabdrücken erfasst sein. Sollte. Wagner war sich bewusst, dass sich auch in Österreich – einer Insel der Seligen, wie manche glaubten – viele Menschen ohne legalen Status aufhielten. Seit der großen Flüchtlingsbewegung 2015 war die Welt in dieser Hinsicht nicht mehr so, wie sie einmal war, und würde es auch, wie die Dinge lagen, nicht mehr werden.

Wagner sah sich selbst als eher unpolitischen Menschen. Herkunft und Religion der Leute interessierten ihn nicht. Ob Christ, Moslem, Jude, Farbiger oder sonst was war ihm ziemlich egal. Hauptsache, man konnte mit den Leuten einigermaßen vernünftig reden. Allerdings immer häufiger war das nur noch mit Dolmetsch möglich.

Sein privates Umfeld hatte sich eigentlich kaum verändert. Was er allerdings im Dienst täglich erlebte, stimmte ihn nachdenklich. Die wachsende Respektlosigkeit ihm und noch mehr den Kollegen im Streifendienst gegenüber machte ihn manchmal wütend und zunehmend ratlos.

Aber, immer positiv denken! Auch wenn es schwerfällt.

Wenn der Tote Tourist war, könnte es schwierig werden. Auch wenn er sich legal als Student oder Arbeitnehmer hier aufhielt. Aber normalerweise wurde ein Mensch ja von irgendwem vermisst. Oder auch nicht.

Die erste ernüchternde Erkenntnis war, dass bis jetzt in Wien und, wie sich nach kurzer Recherche im polizeilichen Informationssystem ergab, auch im Rest der Republik keine Person als vermisst gemeldet war, die irgendeine Ähnlichkeit mit dem Toten von der Neuen Donau aufwies. Das war schon einmal Fehlanzeige. Wäre auch zu schön gewesen, dachte Wagner. Müssen wir also noch auf die Auswertung der Fingerabdrücke warten.

Der Kaffee war stark und für die Verhältnisse im Büro einigermaßen brauchbar. Konnte man so lassen. Die Lebensgeister kehrten etwas zurück. Trotzdem fühlte sich Wagner wie zerschlagen.

Das Gespräch mit dem Bereitschaftsstaatsanwalt war kurz. Offenbar wollte der noch nicht gestört werden und meinte mit leicht gereiztem Unterton in der Stimme, es würde ihm reichen, wenn er einen ersten Bericht am Montag auf dem Schreibtisch hätte. Und man könnte es mit dem täglichen Bericht ruhig an die Presse geben. Vielleicht würden sich ja Zeugen oder Menschen, die den jungen Mann vermissten, melden.

Wagner entschloss sich, seinen Chef doch sofort zu informieren. Auch der war mit einem knappen Bericht zufrieden und schien über den Fall nicht allzu sehr beunruhigt zu sein.

„Ich glaube kaum, dass der Fund eines toten Farbigen an der Neuen Donau das subjektive Sicherheitsgefühl unserer Mitmenschen negativ beeinflusst", war sein knapper Kommentar. „Montag sehen wir weiter und außerdem habt ihr bis dahin vielleicht ja auch ein paar zielführende Erkenntnisse." Ziemlich gestelzt, dachte Wagner. Aber so ist er halt.

Nachdem die beiden einen kurzen Bericht über die täglichen Vorkommnisse geschrieben hatten, meinte Wagner zu Otto: „Ich brauche jetzt eine Auszeit, wir können im Augenblick grad gar nichts weiter tun. Ein guter Käse braucht überdies etwas Reifezeit."

Mit diesen Worten verließ Wagner das Büro und machte sich auf den Heimweg. Saublöder Spruch, passt aber, dachte er.

Es ist fast immer schlimmer, als du denkst

A. Strindberg

Gar nicht so schlimm, denn er konnte sich vorerst an nichts erinnern. Sein Kopf fühlte sich etwas wollig an und im Mund hatte er einen äußerst schalen Geschmack. Irgendetwas war doch gestern Abend gewesen?

Die Erinnerung traf ihn wie ein Faustschlag in den Magen. Njubus aufgeregtes Geschrei, der Schlag mit der Flasche, der Sturz, die erfolglose Wiederbelebung. Michel Aziz konnte die Übelkeit nur mit Mühe zurückhalten, bis er sich in das WC erbrach.

Er konnte nicht aufhören, sich zu übergeben. Schon gar nicht, wenn er an die Szenen im Salon dachte. Und dieser widerliche, scheinheilige Pater Hermann! So selbstgerecht und verlogen.

Sein Magen war schon entleert und es kamen nur noch übelste Körpersäfte aus seinem tiefen Inneren herauf.

Wenn nur alles so leicht hinunterzuspülen wäre wie dieser Auswurf. Es schauderte Michel Aziz bei dem Gedanken, Omar und Rahim gegenübertreten zu müssen. Er konnte jetzt einfach niemanden in seiner Nähe vertragen!

Andererseits wusste Michel Aziz genau, dass unter seinen Schützlingen das Gesetz des Dschungels herrschte, und wer Schwäche zeigte, wurde von den Raubtieren gnadenlos zerfleischt. Er konnte auf keinen Fall irgendein Anzeichen von Schuld, Betroffenheit oder Schwäche erkennen lassen.

Wie ich euch alle hasse!, dachte Michel Aziz. Ihr Speerspitzen und Abgesandte aus den geldgierigen Familien, die sich die horrenden Schleppergebühren leisten können, damit sie noch reicher werden, wenn ihr ihnen Geld nach Hause schickt! Arme Leute müssen dort bleiben, wo sie sind, die haben kein Smartphone und telefonieren nicht andauernd im Internet!

Endlich konnte sich Michel Aziz wackelig am Waschbecken aufrichten und einen Blick in den Spiegel riskieren. Für die Strapazen der Nacht sah er eigentlich gar nicht so schlecht aus. Etwas olivgrün im Gesicht, ein bisschen müde, aber nichts, was eine ordentliche Rasur, ein Alka Seltzer und eine Dusche nicht in Ordnung bringen könnten.

Erfahrung mit sich in solchen Situationen hatte er in der Vergangenheit reichlich sammeln können. Er nahm die Tablette in einem Glas Wasser und war erfreut, dass er sich nicht sofort wieder erbrechen musste.

Mit dem Gedanken des tiefen Abscheus und Hasses gegen seine unmittelbare Umwelt stellte er sich unter die Dusche. Der feste Vorsatz, sich nichts mehr im Leben gefallen zu lassen, half Michel Aziz dabei, sich besonders gründlich zu rasieren. Er kleidete sich sorgfältig elegant, damit seine Schützlinge wüssten, wer hier der Herr im Hause war.

Michel Aziz atmete tief durch, trat aus seinem Wohnbereich und blickte sich unter seinen Schützlingen um, die gerade das Frühstück beendet hatten. Er stellte sich mit strengem Gesichtsausdruck in die Tür und wartete einige Augenblicke, so als ob er alle abgezählt hätte.

„Njubu war nicht beim Frühstück?", fragte er streng in die Runde. „Nein, Herr Aziz, er war heute Früh nicht da", antwortete Hamed.

„Da ist er also wirklich weggelaufen, der dumme Kerl", rief Michel Aziz mit gespielter Entrüstung. „So etwas von undankbar. Njubu hat wohl geglaubt, dass es ihm woanders besser geht. Der braucht mir nicht mehr zu kommen."

Rahim und Omar sahen einander sprachlos an und zogen die Köpfe ein. Besser sich wie die drei berühmten Affen zu verhalten: nichts hören, nichts sehen, nichts sprechen.

„Hamed, mach seinen Platz im Zimmer frei, seine Sachen könnt ihr unter euch aufteilen, er hat es sich wirklich nicht verdient, dass wir ihm etwas lagern", befahl Michel Aziz mit strenger Stimme.

„Ich habe jetzt die nächste Zeit im Büro zu tun, bringt mir meinen Espresso dorthin. Dass mich ja niemand stört!", ordnete er im Befehlston an und zog sich erleichtert in sein Sanktum zurück.

Michel Aziz wusste genau, dass die UMFs das sofort ausnützen würden, um sich von der Wohngemeinschaft zu absentieren.

Hamed ließ es sich nicht zweimal sagen, sich an Njubus Habe zu bedienen. Als ältester der Burschen war er der Stellvertreter des Heimleiters und übte seine ungerechte Autorität den anderen gegenüber mit größtem Vergnügen aus. Er fragte sich zwar, warum gerade der einfältige Njubu weggelaufen sein sollte, aber wer zuerst kam, mahlte zuerst. Hamed machte sich sofort über die bescheidenen Habseligkeiten Njubus her, wobei ihm das Entfernen des Spindschlosses mit einem Schlag auf die richtige Stelle und festem Ruck nicht die geringsten Schwierigkeiten bereitete.

Sofort stach Hamed Njubus Mobiltelefon in die Augen. Er konnte gar nicht glauben, dass Njubu ohne sein geliebtes Telefon abgehauen sein sollte. Hamed zuckte mit den Achseln und steckte das Gerät sofort ein. Das würde er noch sinnvoll verwerten. Erstens schauen, ob er damit kostenlos telefonieren konnte, und zweitens könnte er es jedenfalls verkaufen. Das Ladekabel dazu steckte er ebenfalls ein.

Die wenigen Bekleidungsstücke interessierten ihn nicht, denn Njubu war wesentlich größer und schlanker gewesen als er. Besser, für die anderen blieb auch etwas zum Verwerten. Er ließ den Spind offen stehen und ging zurück zum Frühstückstisch, um sich dort einen Saft einzuschenken.

Das seltsame Verschwinden von Njubu brachte ihn ins Grübeln, während er an seinem Orangensaft nippte. Da war doch etwas oberfaul daran, er würde der Sache noch auf den Grund kommen. Hamed war jedoch gewitzt genug, die Aussagen von Michel Aziz nicht öffentlich zu bezweifeln.

Nur die Ruhe bewahren, keine Panik. Tief durchatmen und entspannen, befahl sich Michel Aziz an seinem Büroschreibtisch und nahm einen Schluck Espresso. Was ist jetzt das Wichtigste? Die Aufzeichnungen aus dem Gästehaus! Ich muss sie sofort haben, stellte Michel Aziz mit glasklarer Einsicht in seine Bedrängnis fest. Wenn ich die habe, kann mir nichts mehr passieren. Normalerweise hätte ich sie gestern Abend schon mitgenommen. Der verfluchte Whisky!, verwünschte Michel Aziz seine Schwäche angesichts der Katastrophe mit Njubu. Ans Steuer setzen kann ich mich jetzt nicht. Ich rufe mir einen Uber und fahre hin. Dann wissen die Burschen nichts davon.

Michel Aziz verließ rasch das Haus über die Gartenseite und spazierte zum nächsten Einkaufszentrum an der Erzherzog-Karl-Straße, zu dem er sich das Mietgefährt per Smartphone bestellte. Er ließ den Wagen einen Häuserblock vor dem Gästehaus halten und blickte sich nach dem Aussteigen nach neugierigen Schaulustigen um. Alles wie immer, nicht die geringste Spur von aufregenden Ereignissen. Niemand in Sicht.

Er wartete, bis sich sein Fahrer entfernt hatte, und schritt zügig um den Häuserblock zum Gästehaus der Filoxenia. Alles bieder und ordentlich.

Michel Aziz öffnete die Haustür mit vor Aufregung zitternden Händen und kaltem Schweiß auf der Stirn. Gott sei Dank war niemand in der Nähe, um sein hilfloses Gefummel am Türschloss zu beobachten. Nach einer gefühlten Ewigkeit war er endlich im Hausflur, stand für einen Augenblick ganz still und spähte um sich. Keine Auffälligkeiten in Sicht. Die Küche auf den ersten Blick ordentlich, auch der Salon und das obere Stockwerk. Nur die benützten Handtücher zeugten von Besuch. Michel Aziz nahm sie alle mit in den Wirtschaftsraum und steckte sie in die Waschmaschine für den kombinierten Wasch- und Trockenvorgang, den er sofort in Gang setzte.

Als Nächstes inspizierte er die Aufnahmeanlage des Entertainment-Centers, erstellte sich eine Kopie der Aufzeichnung des gestrigen Abends und löschte alle Aufnahmen von der Festplatte, um alle Spuren zu vernichten.

Aus dem Salon holte er sämtliche Gläser und stellte sie in den Geschirrspüler, ebenso wie alles Geschirr und die Platten, die in der Küche auf dem Tresen standen. Er schaltete den Geschirrspüler ein und schnappte sich den Staubsauger, um im Salon die Teppiche damit zu bearbeiten.

Nach einer halben Stunde manischen Staubsaugens wischte er mit einem feuchtem Tuch und reichlich Desinfektionsmittel alle Oberflächen im Salon und in der Küche ab. Er wischte auch den Küchenboden und den Sanitärbereich im Obergeschoß.

Michel Aziz, der gründliche Tatortreiniger, dachte er bei sich.

Er hatte so besessen und gründlich geputzt, gesaugt und gewischt wie schon seit Jahren nicht mehr, und hatte so viel Zeit dafür benötigt, dass die Handtücher gewaschen und getrocknet waren und auch der Geschirrspüler seinen Zyklus schon längst vollendet hatte. Michel

Aziz schlichtete alle Handtücher ins Wäscheregal, räumte den Geschirrspüler aus und atmete durch.

Durch sein besessenes Werken im Haus hatte er es geschafft, dem Gespenst von Njubu keine Aufmerksamkeit widmen zu müssen, und auch sein Kater hatte sich durch die schweißtreibende Arbeit gebessert. Nun war er fertig, hatte Durst und nahm sich eine Flasche Perrier aus der Kiste.

Nachdem er getrunken hatte, sah er wieder die aufwühlende Szene vor sich, wie er Njubu niedergeschlagen hatte. Das lag wohl an der Flasche Perrier. Es ekelte ihn und Übelkeit stieg in ihm auf. Schnell stellte er die geleerte Flasche zurück in die Kiste.

Besser sofort weg aus dem Gästehaus!, dachte Michel Aziz. Er tastete in seiner Hosentasche nach dem Stick mit seiner Kopie der heimlichen Filmaufnahmen, machte noch einen Kontrollblick durch Salon und Vorzimmer und verließ das Gästehaus. Beim Abschließen des Hauses zitterten seine Hände nicht mehr. Schließlich war er jetzt im Freien an der frischen Luft. Njubus Gespenst blieb drinnen eingesperrt.

Michel Aziz schlenderte, mittlerweile ganz gelassen, bis zum kleinen Würstelstand auf dem Parkplatz neben dem Baumarkt, bestellte sich Pferdekäseleberkäse-Semmeln mit einem Dosenbier aus Ottakring als erste Mahlzeit des Tages. Eigentlich sollte er ja keinen Alkohol mehr trinken, aber es war ihm mittlerweile vollkommen „Blunzn". Das Bier übte außerdem eine äußerst angenehm beruhigende Wirkung auf ihn aus.

Er stellte zufrieden fest, dass ihm von seiner Mahlzeit nicht schlecht geworden war, sondern dass er sich ganz im Gegenteil gestärkt und beruhigt fühlte, und bestellte sich einen fahrbaren Untersatz zum Baumarkt.

Nachdem ihn seine Mietdroschke wieder auf der Erzherzog-Karl-Straße abgesetzt hatte, nützte Michel Aziz den kurzen Fußweg zur Wohngemeinschaft, um über die weiteren Schritte des Tages nachzudenken. Nur nicht nachlassen und Unentschlossenheit zeigen! Das wäre mehr als fatal. Er konnte Rahim und Omar nur unter Kontrolle halten, wenn er eiskalte Härte an den Tag legte.

Die zwei Strolche wären glatt in der Lage ihn zu erpressen, wenn sie glaubten, sie hätten damit Erfolg. Wehret den Anfängen!, ging Michel Aziz durch den Sinn.

Er betrat die Wohngemeinschaft durch die Gartentür, so wie er sie verlassen hatte, und überprüfte kurz die Lage im Heim. Die meisten Burschen hatten sich in die Stadt zu ihren „Unternehmungen" abgesetzt und alles war ruhig.

Das hast du bis jetzt trotz aller Rückschläge gut gemacht, Michel, lobte er sich selbst. Die Burschen wagen es nicht, deine Aussage anzuzweifeln, und die anderen schweigen als Mittäter notwendigerweise. Jetzt rasch die neuen Heimbewohner abholen.

Frisches Blut I

Mit diesen Gedanken hob Michel Aziz den Telefonhörer ab und wählte die Nummer Pater Hermanns bei der Filoxenia.

„Pater Hermann, Filoxenia", meldete sich dieser.

„Oh, Hochwürden, einen wunderschönen guten Tag, hier Michel Aziz."

„Grüß Gott, Herr Aziz", grüßte ihn Pater Hermann mit derselben Vorsicht, die er für eine Handgranate aufwenden würde.

„Mein lieber Pater Hermann, stellen Sie sich vor, einer meiner Schützlinge hat sich spurlos verkrümelt. Einfach ohne Nachricht grußlos weggelaufen." Michel Aziz konnte hören, wie Pater Hermann erleichtert ausatmete.

„Tatsächlich? Wie undankbar. Wirklich spurlos verschwunden?", fragte Pater Hermann zur Sicherheit noch einmal nach.

„Sie sagen es. Spurlos", versicherte Michel Aziz. „Aber was machen wir jetzt mit dem freien Platz? Ich müsste sein Verschwinden melden."

„Mein lieber Aziz, vielleicht überlegt er es sich und kehrt in Ihr schönes Heim zurück. Man weiß ja nie. Lassen Sie sich bis zum Monatsende Zeit, damit Sie nicht unnötigen Papierkram verursachen."

„Wie Sie wünschen, Pater Hermann. Aber es ist doch schade um die schöne Unterkunft, wenn ein Platz ungenützt bleibt."

„Selbstverständlich. Wir haben wieder vier junge Burschen, angeblich aus Syrien, die einen Platz benötigen. Holen Sie die heute bei uns ab!"

„Sehr gerne, Pater Hermann, ich komme sofort. Das wird zwar etwas eng werden, aber die Burschen müssen halt zusammenrücken." Michel Aziz verabschiedete sich erleichtert von der Primadonna namens Pater Hermann.

Ermittlungen I

„Ich war fleißig und habe erfreuliche Neuigkeiten in unserem Fall", vermeldete Otto stolz, nachdem er Wagners Schönheitsschlaf unsanft beendet hatte.

„So habe ich es eigentlich auch erwartet, lieber Otto." Siegfried Wagner hatte seine Müdigkeit schnell überwunden und seinen üblichen Sarkasmus wiedergefunden.

„Der Tote hat einen völlig unaussprechlichen Namen, ich glaube Tschubu Ghombo. Nennt sich Asylbewerber und ist als unbegleiteter Minderjähriger in einer Wohngemeinschaft der Filoxenia untergebracht. Er wurde erkennungsdienstlich behandelt und in der Datenbank als offizieller Flüchtling mit Fingerabdrücken und Foto erfasst. Ich habe noch nichts weiter unternommen und wollte erst mit dir besprechen, wie wir in der Sache weiter vorgehen wollen. Sehr bemerkenswert, mit welcher Bekleidung die Burschen bei der Filoxenia herumlaufen. Das sieht bedrohlich nach einem Wespennest aus, in das wir hier hineinstochern müssen mit allen unangenehmen politischen Begleiterscheinungen. Am besten komme ich gleich zu dir und hole dich ab", schlug Otto vor.

Frisches Blut II

Vier neue Burschen unterzubringen brachte die Wohngemeinschaft zwar an die Belastungsgrenze, aber schließlich war Njubu nicht mehr zurückzuerwarten und Hamed würde bald „gegangen werden", da sein Ablaufdatum als unbegleiteter minderjähriger Flüchtling schon im Laufe dieser Woche eintreten würde, genau wie es das von Omar und Rahim bereits war.

Michel Aziz checkte noch einmal den vorhandenen Bettenplatz und stellte fest, dass er kurzfristig mit drei Klappliegen das Auskommen für die vier Neuzugänge finden würde. Ein zusätzliches Stockbett sowie Spinde und Kästchen würde er bei Manfred Engel anfordern. Der war bekanntermaßen sehr fix in seiner Reaktion auf Notfälle wie diesen. Spätestens morgen würde er die Einrichtungsgegenstände in die Wohngemeinschaft liefern.

Von seinen Schützlingen war keiner in Sicht. Alle hatten die Chance genützt, um sich in die diversen Einkaufszentren der Stadt zu begeben.

Das ist gut so, wenn keiner da ist, überlegte Michel Aziz. Wenn die Neuen schon eingetroffen und eingewiesen sind und die anderen erst nach Hause kommen, habe ich schon vollendete Tatsachen geschaffen. Die Burschen können dann nicht mehr querschießen und über die Platzverteilung meckern.

Michel Aziz trällerte „Auf in den Kampf Torero" vor sich hin, schwang sich in den Van und machte sich auf den Weg in Richtung Erstkontaktzentrum der Filoxenia in Simmering, auf der anderen Seite der Donau.

Dort angekommen und eingeparkt, begab sich Michel Aziz zum Empfangsschalter, wo er von der Mitarbeiterin Sandra Eder freundlich begrüßt wurde. Schließlich holte er regelmäßig Klienten ab und war immer ein erfreulicher Anblick im schmuddeligen Flüchtlingsumfeld.

„Guten Tag, Herr Aziz", freute sich Sandra Eder. „Was bringt Sie wieder einmal zu uns?"

„Meine liebe Sandra, wenn ich Sie sehe, wünschte ich mir, öfters Gelegenheit zu haben, hier zu erscheinen", sülzte Michel Aziz. „Es gibt da vier syrische Burschen, die in unserer Wohngemeinschaft untergebracht werden sollen."

„Ah, die kommen zu Ihnen, na die sind beneidenswert", sülzte Sandra zurück. „Warten Sie, ich rufe kurz bei Pater Hermann an und gebe Bescheid, dass die vier von Ihnen abgeholt werden, und bereite die Übernahmepapiere vor."

Sandra Eder griff zum Telefon, führte ein kurzes Gespräch und druckte dann vier Kennblätter mit den jeweiligen Angaben, die die Filoxenia über ihre Schützlinge hatte, in doppelter Ausführung aus.

„Die Burschen sind zwar ohne Papiere eingereist, aber das holen wir jetzt alles für sie auf", ätzte Michel Aziz, als er eine „Übernahmekopie" für jeden einzelnen UMF unterschrieb.

Das war die wichtige Quelle seines Reichtums. Die Papiere mussten stimmen, sonst gab es kein Geld vom

Staat für die Betreuung der UMFs in der Wohngemeinschaft.

„Wo sind meine neuen Mitbewohner?", fragte er Sandra
Eder, nachdem der Papierkrieg abgeschlossen war.

„Kommen Sie mit, Herr Aziz. Gott sei Dank sprechen
Sie Arabisch, denn heute ist sonst keiner da, der das
kann." Sandra Eder führte Michel Aziz zu einem kargen
Aufenthaltsraum, wo vier junge Männer mit argwöhni-
schen Blicken die Eintretenden musterten.

Nach einem freundlichen Willkommensgruß auf Arabisch taxierte Michel Aziz seine neuen Schützlinge kri-
tisch. Wenn das Syrer waren, war er die Königin von
Saba! Die hatten ja kein verständliches Wort erwidert.
Aber egal, offiziell galten sie jetzt als Syrer und er selbst
würde den Teufel tun, um sich das Geschäft zu vermasseln.

Michel Aziz sprach zu ihnen auf Arabisch: „Mein
Name ist Michel Aziz. Ich bin euer neuer Boss. Ich leite
eine schöne Wohngemeinschaft, in die ihr jetzt aufgenommen werdet. Ihr bekommt reichlich zu essen und
seid gut und sicher untergebracht. Ihr macht genau das,
was ich euch sage, sonst fliegt ihr raus und könnt schauen,
in welchem Drecksloch ihr verkommt. Ungehorsam und
Widerspruch dulde ich nicht. Mit mir ist nicht zu spaßen."

Das mag für europäische Ohren extrem klingen, aber
der raue Ton war durchaus angebracht, denn sonst würde
er den Respekt der Burschen nicht genießen. Sie kamen
alle aus Ländern mit extrem autoritären Strukturen, und
sofort klare Verhältnisse zu schaffen, wer der Herr im

Haus war, war von höchster Wichtigkeit. So gab es keine Unklarheiten, wer das Sagen hatte.

„Ich bringe euch jetzt zu eurem neuen Zuhause!" Michel Aziz winkte den Burschen, ihm zu folgen, und ließ sie hinten im Van einsteigen.

Aus dem Getuschel seiner neuen Schützlinge auf dem Weg zum Wohnheim entnahm Michel Aziz, dass diese „Syrer" der Aussprache nach eher dem Irak zuzuordnen wären, aber wenigstens sprachen sie Arabisch. Es hatten sich schon genug anderssprachige UMFs als Syrer ausgegeben, die kein Arabisch verstanden oder sprachen.

In der Wohngemeinschaft angekommen, ließ Michel Aziz die Neulinge im Hof antreten.

„Meine lieben, neuen Freunde", sagte Michel Aziz streng. „Ich weiß, dass ihr nicht aus Syrien seid. Das ist mir auch egal. Solange ihr mir gehorsam seid, werdet ihr damit keine Probleme haben. Ich teile euch jetzt eure Schlafplätze zu und wünsche dazu keine Kommentare von euch."

Die vier Burschen namens Ali, Hassan, Halef und Amir verbeugten sich unterwürfig und folgten Michel Aziz in die Wohnräume, wobei Ali das Bett und der Spind von Njubu zugewiesen wurden, Hassan das Bett von Hamed, nur Amir und Halef mussten sich mit dem Feldbett begnügen.

„Amir, Halef, ihr bekommt andere Betten, die werden morgen gebracht", informierte Michel Aziz die Burschen, die ihre Schlafstellen unglücklich inspizierten. So karg hatten sie sich ein Leben im Westen nicht vorgestellt.

„Halef und Amir, hier könnt ihr einstweilen eure Sachen hinlegen. Morgen kommen mehr Möbel. Ihr könnt euch jetzt euer Bettzeug und die Handtücher holen." Mit diesen Worten führte er seine neuen Bewohner in den Wirtschaftsraum, wo er ihnen das Bettzeug, die Bettwäsche und die Handtücher übergab.

„Ruht euch jetzt ein bisschen aus. Zu essen gibt es später, wenn eure Mitbewohner wieder nach Hause kommen. Dann macht ihr euch miteinander bekannt."

Ermittlungen II

„Sagt dir der Name Filoxenia irgendetwas?", fragte Otto Dorazil im Dienstwagen auf dem Weg zur Verwaltung der Filoxenia.

„Ist wohl griechisch, es handelt sich um eine Hilfsorganisation, neudeutsch NGO, und bedeutet so viel wie Gastfreundschaft", erwiderte der belesene Major Siegfried Wagner dem ob so viel Gelehrsamkeit beeindruckten Kollegen, der ihn wegen seines umfassenden Allgemeinwissens aufrichtig bewunderte. „Es handelt sich um eine Organisation der katholischen Kirche, die es als hervorragende Aufgabe sieht, unbegleitete minderjährige Migranten zu betreuen, mit den Wohltaten unserer Zivilisation zu beglücken und sich das hehre Ziel gesetzt hat, sie zu integrieren und zu brauchbaren Mitgliedern unserer Gesellschaft zu erziehen."

Otto musste lachen: „Du klingst ja schon wie ein Werbeprospekt zum Spendensammeln."

„Sicher im Prinzip eine sehr gute Sache. Nur sehe ich die Integration von Menschen aus völlig anderen Kulturkreisen nicht ganz unproblematisch und bin vom dauerhaften Erfolg nicht so recht überzeugt, auch wenn uns die Vertreter dieser Organisationen gerne vom Gegenteil überzeugen möchten. Außerdem sehe ich nicht ganz unkritisch, dass sich im Dunstkreis dieser Vereine eine extrem profitable Industrie auf Kosten unseres Sozialetats entwickelt hat."

„Ich bin völlig deiner Meinung. Wie man sieht, hat hier jemand das Wort Filoxenia nicht ernst genommen, und das Ergebnis ist ein toter Schwarzafrikaner."

„Wollen wir doch mal sehen, was die Leute von dem Verein dazu zu sagen haben, dass einer ihrer Schützlinge vermutlich erschlagen wurde und warum ihn dort bisher offensichtlich keiner vermisst. Soweit ich weiß, leben die Burschen dort doch mehr oder weniger kaserniert und unter ständiger Aufsicht, wollen wir doch hoffen."

„Ja, ich bin auch gespannt, was man uns dort für eine Geschichte erzählen wird", stimmte Otto bei, während er den Wagen im 16. Bezirk in der Nähe der filoxenischen Verwaltung parkte.

„Na, das sieht ja sehr einladend aus, fast wie im Häfen", meinte Otto, als sie vor einer dunkelgrau gestrichenen Eisentür standen, auf der ein Messingschild mit der Aufschrift FILOXENIA HAUPTVERWALTUNG angebracht war.

„Hat eine gewisse Ähnlichkeit zum Grauen Haus und strahlt wenig Freundlichkeit aus. Filoxenia passt da eigentlich wie die Faust aufs Auge", pflichtete Wagner seinem Kollegen bei. „Und noch etwas, Otto, von dem seltsamen Outfit des Burschen erwähnen wir erst einmal nichts, das bringen wir bei Gelegenheit an."

Nach mehrmaligem Anläuten meldete sich eine schnarrende Frauenstimme in der Gegensprechanlage. „Was wünschen die Herren?", erklang es barsch aus dem Lautsprecher.

Aha, diskrete Videoüberwachung ist auch installiert,

dachte Wagner, laut sagte er mit möglichst dienstlichem Ton: „Kriminalpolizei, Major Wagner und Gruppeninspektor Dorazil!" Er zückte seinen Ausweis und hielt ihn in die vermutete Richtung der Videoüberwachung. „Wir sind in Ermittlungen wegen eines Ihrer Schützlinge da und möchten den verantwortlichen Leiter sprechen."

Nach einer plötzlichen Stille in der Leitung kam schon etwas freundlicher die Nachfrage: „Um wen handelt es sich denn?"

„Das werden wir dem Verantwortlichen persönlich mitteilen, öffnen Sie bitte die Tür", erwiderte Otto mit Nachdruck.

Nach etwa einer Minute öffnete sich die Tür und eine hagere kleine Ordensschwester namens Hildegard führte sie über einige Stufen und durch kahle Gänge in das Büro von Pater Hermann Sandauer.

Der Pater empfing sie in seinem großzügigen, etwa vierzig Quadratmeter großen Arbeitszimmer, in dessen Mitte ein beeindruckender, von vier vergoldeten venezianischen Löwen getragener Schreibtisch stand, der von einer massiven Marmorplatte, die mit eingelegten Halbedelsteinen verziert war, gekrönt wurde. Davor standen entsprechende üppig geschnitzte Besuchersessel mit Lederpolstern und geschwungenen Armlehnen in demselben Stil, auf dem Boden ein riesiger Perserteppich. Des Paters Stuhl glich eher einem Thron.

An den Wänden hingen neben zwei wuchtigen Barockschränken düstere großformatige Bilder mit biblischen Szenen, die einen kostbaren Eindruck machten. Ein heiliger Hieronymus auf der einen Seite und David gegen Goliath auf der anderen, sowie im Eck ein barocker, von Pfeilen durchbohrter Sebastian, den der Pater immer mit besonderem Wohlwollen betrachtete.

Die schweren Seidenbrokatvorhänge ließen das Tageslicht nur spärlich in den Raum, der durch ein ausgeklügeltes Lichtsystem trotzdem in ein angenehmes natürliches Licht getaucht war. Der mit Stuck reich verzierte Plafond bot den idealen Hintergrund für den mundgeblasenen, roten venezianischen Luster, der in der Mitte einer Rosette direkt über dem Schreibtisch aufgehängt war.

„Ah, die Herren sind von der Kriminalpolizei, ich grüße Sie. Pater Hermann Sandauer mein Name. Was kann ich für Sie tun?", begrüßte er sie mit süßlicher Stimme und teigigem Handschlag.

„Major Wagner, Gruppeninspektor Dorazil. Wir sind wegen eines Ihrer Klienten hier. Njubu Ngomo, äh Ngoro. Der müsste nach unseren Unterlagen in einer Ihrer Einrichtungen wohnen", kämpfte Otto mit dem ungewohnten Namen.

„Ja, kann sein. Wir kümmern uns um hunderte Migranten, und da kenne ich natürlich die wenigsten namentlich. Was soll denn mit diesem, wie sagten Sie, Ngombo sein?", mimte Pater Hermann Unwissenheit.

„Herr Sandauer, wir wollen nicht unfreundlich sein, aber möglichst schnell alle für uns wichtigen Informationen bekommen. Es ist ganz einfach. Wir fragen und Sie antworten. Und falls dies nicht möglich ist, beschaffen Sie sich bitte umgehend die erforderlichen Informationen.

Das wird doch sicher zu machen sein. Dafür sind wir Ihnen sehr dankbar, und das wird doch wohl kein Problem für Sie darstellen", stellte Wagner ganz amtlich fest.

Pater Hermann spürte, wie sich auf seiner Stirn Schweißperlen bildeten. Einerseits beeindruckte ihn das bestimmte Auftreten des Polizeibeamten, dem er sonst in seiner Umgebung nicht begegnete, andererseits stellte er fest, dass die sportliche Figur des Majors eine gewisse Anziehungskraft auf ihn ausübte.

„Ich werde sofort nachfragen. Darf ich Ihnen etwas zu trinken anbieten? Kaffee, Wasser, Saft? Oder etwas Stärkeres?", fragte Pater Hermann, ganz der höfliche Gastgeber.

„Mineralwasser für uns beide wäre gut", sagte Wagner schnell, denn er hatte Ottos begehrlichen Blick auf die beeindruckenden Spirituosen auf dem Sideboard bemerkt. Das war Otto Dorazils große Schwäche.

Pater Hermann nahm den Zettel mit dem unaussprechlichen Namen, den ihm Otto reichte, und ging zum Telefon. Er buchstabierte ihn mühsam für den Gesprächspartner.

„Einen Augenblick, ich werde gleich zurückgerufen, in welcher Einrichtung er sich befindet."

Wie eine dunkle Gewitterfront zog in Pater Hermann die Erkenntnis auf, dass es sich wohl um den unglücklichen Schwarzen aus dem Gästehaus handeln musste, wenn die Kriminalpolizei bei ihm im Büro erschien. Es überlief ihn heiß und er begann heftig zu schwitzen.

Nach einigen Minuten schweigsamen Wartens läutete

das Telefon. „Ja bitte", meldete sich der Pater. „Aha. Gut. Dort ist er untergebracht. Nein, es ist nichts passiert." Mit diesen Worten legte er auf und überreichte Wagner die Notiz mit einer Adresse.

„In Hirschstetten, bei einem gewissen Michel Aziz untergebracht. Na, Otto, den Burschen werden wir uns ordentlich vornehmen", ließ Wagner nach Erhalt des Zettels verlauten.

„Was, aber der ist doch …", fuhr es aus Pater Hermann heraus, der sich noch rechtzeitig einbremste, um seinen Schnitzer nicht zum unverzeihlichen Fehler werden zu lassen.

„Was meinen Sie, Pater Sandauer?", hakte Wagner sofort nach.

„Äh, ich wollte nur sagen, ich kenne ihn vielleicht doch. Wenn er in Hirschstetten untergebracht ist, hat er mir hier einmal im Haus geholfen", erwiderte Pater Hermann kläglich.

„Gut, Herr Sandauer, das war's fürs Erste. Wir werden uns sicher wiedersehen. Und vielen Dank für Ihre Unterstützung. Wir finden alleine hinaus." Mit freundlichem Nicken verließen Wagner und Otto das Büro.

Auf der Straße wandte sich Wagner an Otto: „Warum wollte er nicht mehr wissen? Warum wir bei ihm waren und was der Njubu angestellt hat? So sehr werde ich ihn doch nicht eingeschüchtert haben?"

„Ganz einfach. Weil er es weiß", stellte Otto trocken fest. „Der wird doch jetzt sofort im Heim in Hirschstetten anrufen und den Betreuer dort auf uns vorbereiten."

„Oder er wird genau das nicht tun, wenn er schlau ist. Verbindungsnachweise sind sehr verräterisch, und je weniger er mit Hirschstetten in Verbindung gebracht wird, desto besser für ihn, falls er irgendetwas mit dem Tod des jungen Schwarzen zu tun hat", wandte Wagner ein. „Also auf geht's nach Hirschstetten, die Welt zu retten!"

Da wird einem halt angst und bang

J. N. Nestroy

Pater Hermann atmete tief durch und trank einen Schluck Wasser, da sein Mund wie ausgetrocknet war, ihm der Schweiß in Strömen herablief und ihm eigentlich mehr nach einem Schnaps zumute war. Aber jetzt hieß es, klaren Kopf zu bewahren.

Michel Aziz hatte ihm doch versichert, dass es keine Probleme mehr mit diesem jungen Schwarzen geben würde. Schon wieder so ein schwerer und vor allem unverzeihbarer Schnitzer, mit unabsehbaren Folgen verbunden!

Mit seiner Auskunft und seinem unbedachten Ausruf hatte Pater Hermann selbst nichts Relevantes verraten, so hoffte er wenigstens. Das waren doch alles nur kalte Verwaltungsfakten gewesen und hatte nichts über seine besondere Beziehung zu der Wohngemeinschaft von Michel Aziz ausgesagt. Das musste auch unter allen Umständen so bleiben, sonst würden die Konsequenzen für ihn selbst fürchterlich werden. Er sah sich schon wie Don Camillo, mit einem Kreuz auf der Schulter in ein verschneites Bergdorf auf immer und ewig verbannt.

Es war wie beim Bergsteigen: Wenn einer drohte, die Seilschaft mit in die Tiefe zu reißen, da half nur eines – sofort die Leine zu kappen!

Pater Hermann wischte sich mit seinem feinen kardinalroten Stofftaschentuch, von den Karmeliterinnen für ihn mit Spitze umrandet und bestickt, das noch immer schweißnasse Gesicht ab. Die Wut über das Unvermögen von Michel Aziz ließ noch einmal eine Hitzewelle in ihm aufsteigen. So ein hoffnungsloser, levantinischer Versager! Das hat man davon, wenn man sich mit ehemaligen Alkoholikern einlässt! Entschlossen nahm Pater Hermann den Schlüsselbund zum Gästehaus der Filoxenia aus seinem Schreibtisch und rief den Hausmeister an.

„Herr Franz, grüß Gott. Es gibt da ein Problem mit einem unserer Schützlinge, der sich als faules Ei herausgestellt hat. Er hat etwas gestohlen und ich muss dreimal dasselbe Türschloss auswechseln!"

„Mein Gott, Pater Hermann, immer wieder dasselbe. Soll ich das für Sie machen? Ist das bei uns im Gebäude?", erwiderte Franz Gruber diensteifrig. „Wollen Sie ihn nicht anzeigen?"

„Nein, nein, mein lieber Gruber, so großartig war das nicht. Das war mein Test mit dem Wechselgeld, nur ein paar Euromünzen. Das fällt unter jede relevante Grenze für eine Anzeige. Aber es zeigt seinen schlechten Charakter. Man kann ihm einfach keine Schlüssel anvertrauen."

„Wer den Pfennig nicht ehrt, ist den Taler nicht wert. Ich bringe Ihnen sofort die neuen Schlösser."

„Tun Sie das, lieber Gruber. Ich habe noch etwas Papierkram zu erledigen, dann werde ich das selbst machen. Das ist mir ein persönliches Anliegen."

Pater Hermanns „Papierkram" bestand aus dem Verzeichnis für die Schlüsselgewalt über das Gästehaus, in dem nur er und Michel Aziz verzeichnet waren.

Kurze Zeit darauf klopfte es an seiner Tür und Franz Gruber erschien mit den neuen Türschlössern und den dazugehörigen Schlüsseln.

„Bitte sehr, Pater Hermann. Eigentlich traurig, dass diese Burschen nicht erkennen können, wenn man es gut mit ihnen meint."

„Seien Sie nicht traurig, Gruber. Deswegen mache ich ja diesen Test, um die Spreu vom Weizen zu trennen. Gott sei Dank hat er funktioniert. Es kommen nicht nur die aufrichtigen Lieben zu uns. Schließlich haben sich ja alle mit Verbrechern zusammengetan und denen viel Geld gegeben, um hierher zu gelangen. Und sie wollen möglichst rasch reich werden. Ich bin von diesem speziellen Burschen persönlich aber schon sehr enttäuscht", stellte Pater Hermann mit verbittertem Hintergedanken fest und meinte in Wirklichkeit Michel Aziz. So ein Pfuscher!

„Wenn Sie doch meine Hilfe brauchen, sagen Sie es mir bitte", meinte Franz Gruber hilfsbereit.

„Also da machen Sie sich keine Sorgen, das gehört leider schon zur Routine", erwiderte Pater Hermann.

Er steckte die Kartons in seine Aktentasche, in der er ein Werkzeugset bestehend aus Schraubenzieher, Kombizange, Feile und Spraydose für das Austauschen von Schlössern hatte, denn es war regelmäßig notwendig, dass diese ausgetauscht werden mussten. Die Schützlinge vergaßen gerne darauf Schlüssel zurückzugeben, wenn sie Einrichtungen der Filoxenia, von denen sie Schlüssel besaßen, verließen. Es war zur Routine gewor-

den, die Schlösser mehr oder weniger regelmäßig auszutauschen.

„Und führe mich nicht in Versuchung" war hier zum
Motto geworden, um Überraschungsbesuchen von Ehemaligen auf der Suche nach finanziell Verwertbarem vorzubeugen.

Gruber nickte bestätigend und ging. Pater Hermann
wartete noch einen kurzen Augenblick und verließ dann
sein Büro, das er sorgfältig absperrte. Niemand hatte
das Recht, in seiner Abwesenheit sein Allerheiligstes zu
betreten.

Er nahm den Lift zum Erdgeschoß und die Hintertür
zum Hof, in dem die Dienstwagen, bescheidene weiße
Autos der unteren Mittelklasse, meist Ladenhüter von
Autohändlern, darunter auch sein kleiner VW, parkten.

In der Luftlinie war es zwar nicht allzu weit vom
Hauptquartier der Filoxenia im 16. Bezirk zum Gästehaus
nach Breitenlee in Transdanubien, eben auf der anderen Seite der Donau. Der dickflüssige Verkehr verursacht
durch die verquere städtische Verkehrspolitik mit roter
Welle verhinderte ein rasches Fortkommen.

Sofort ein glatter Schnitt, kein Zaudern und kein
Zagen, dachte Pater Hermann. Dieser chaotische Alkoho-
liker bringt uns noch in größte Schwierigkeiten.

Unter Tags ging es schneller über den Gürtel, den Kai
und die Reichsbrücke zum Gästehaus als zur Verkehrs-
spitze. Pater Hermann stellte den VW in die Einfahrt und
hatte mit geübten Handgriffen das Schloss der Vorder-
tür in wenigen Augenblicken ausgetauscht. Wenn er auch

körperliche Arbeit verabscheute, diese wichtige Fertigkeit hatte er zu seinem persönlichen Anliegen gemacht. Es bereitete ihm immer größte Freude, sich das dumme Gesicht der Ausgesperrten vorzustellen, besonders das von Michel Aziz.

Um das Schloss an der Hintertür auszutauschen, ging Pater Hermann durch das Haus und warf einen kurzen Kontrollblick ins Erdgeschoß. Alles ordentlich und sauber aufgeräumt.

Na dann, alles bestens, dachte er. Die Hintertür war genauso rasch mit einem neuen Türschloss versehen, ebenso die Garage, und er konnte mit seinem Tagwerk halbwegs zufrieden in sein Büro zurückkehren.

„Michel Aziz? Wer soll das sein? Lassen Sie mich nachdenken. Irgendwie sagt mir der Name etwas. Ja, könnte sein, dass dieser Herr eine Wohngemeinschaft betreut und das Recht hatte, für besondere Gelegenheiten das Gästehaus zu benützen. Leider wurde mir zugetragen, dass Herr Aziz dies zu sehr ausnutzte. Deshalb musste ich ihm den Zugang sperren", übte Pater Hermann schon einmal die entsprechende Distanzierung vom unglückseligen „Pfuscher" namens Michel Aziz ein.

Nie sollst du mich befragen, noch wissend Sorge tragen! I

R. Wagner, Lohengrin 1. Akt

Michel Aziz durchzuckte ein elektrischer Schlag wie ein Blitz aus heiterem Himmel, als er Siegfried Wagner und Otto Dorazil über den Hof schreiten sah, wobei sie sich höchst interessiert umblickten und die anwesenden Burschen taxierten.

Alle Alarmglocken schrillten laut, denn die zwei Männer sahen leider nicht wie freundliche Besucher vom Sozialamt aus, obwohl der eine sonnengebräunte und gut gebaute Schwarzhaarige unter anderen Umständen sein Interesse geweckt hätte. Mit den grauenhaften Ereignissen rund um Njubu in den Knochen und deswegen auf der Hut vor den ungebetenen Besuchern wie vor einer kampfbereiten Löwin, schaffte es Michel Aziz, ein freundliches „Guten Tag, meine Herren, womit kann ich dienen?" seiner Meinung nach unbefangen und locker von sich zu geben.

„Major Siegfried Wagner, Gruppeninspektor Otto Dorazil, Kriminalpolizei Wien", erwiderte Otto und wedelte mit seinem Ausweis.

Michel Aziz' erster Gedanke war: Das kann doch nicht sein. Wie haben die die Leiche von Rudi gefunden?

Wagner, ganz der seriöse Beamte, sagte: „Wir sind auf der Suche nach Njubu Ngoro. Der ist doch hier bei Ihnen in der Wohngemeinschaft untergebracht?"

Michel Aziz erwiderte sofort, mit gespielter, gelangweilter Erfahrung als leidgeprüfter Herbergsvater: „Njubu? Ja, der ist seit Kurzem bei uns, aber er ist jetzt nicht da. Hat er etwas angestellt?"

„Herr Aziz, Sie werden es nicht glauben, in der Realität ist es wie im Krimi, und ganz einfach: Wir stellen die Fragen und Sie antworten. Mehr nicht. Haben Sie das verstanden?"

„Ja, natürlich", erwiderte Michel Aziz schon weit weniger selbstbewusst. „Aber Sie müssen doch verstehen, dass ich mich um meine Schützlinge immer sorge."

Du Heuchler!, dachte Wagner.

„Nun also, wo ist Njubu normalerweise, um den Sie sich so rührend kümmern. Und seit wann ist er nicht da?", hakte er nach.

„Er hat die letzten Tage gefehlt und seine Sachen sind weg. Wahrscheinlich hat er gemeint, dass es ihm woanders besser geht, und ist weggelaufen. So etwas passiert", erwiderte Michel Aziz, nun wieder etwas selbstsicherer.

„Kommt das oft vor, dass Ihre Schützlinge verschwinden, und müssen Sie das nicht sofort melden? Sie bekommen doch sicherlich für jeden Schützling ein Tagegeld als Aufwandsentschädigung. Alleine schon deshalb müssen Sie das melden", stellte Wagner fest.

„Ab und zu machen die das, manchmal erscheinen sie auch wieder bei uns, wenn sie merken, dass es woanders schlechter ist als hier bei uns", antwortete Michel Aziz mit einer großartigen Geste, die das ganze Areal positiv hervorstreichen sollte. Trotzdem stand ihm der Angstschweiß auf der Stirn. „Und selbstverständlich rechnen wir am Monatsende alles ganz korrekt ab."

„Wissen vielleicht die Mitbewohner etwas von seinem Verbleib?", wollte Otto wissen.

„Bitte, bitte, fragen Sie sie nur", erwiderte Michel Aziz großzügig. Er wusste, dass alle seine Schützlinge aus Furcht vor der Polizei nichts sagen würden, denn sie legten immer das Maß aus ihren Heimatländern an, und dort waren die ärgsten Schurken bei der Exekutive zugange. Außerdem wussten sie genau, dass drakonische Bestrafungen seitens Michel Aziz jeder Vertraulichkeit nach außen auf dem Fuß folgten. In solchen Fällen waren die Burschen dann nicht mehr in der Lage, auch nur die einfachste deutsche Frage zu verstehen und zu beantworten.

Wagner und Otto wussten das auch, aber Otto wollte es dringend wissen und befragte den ersten Burschen in seiner Nähe. Das war Hamed, der den Hof aufkehrte.

„Kannst du mir sagen, wohin Njubu Ngoro wollte?"

Hamed schüttelte nur den Kopf: „Nix weiß."

Während Otto die Burschen befragte, ließ sich Wagner das Innere des Hauses und den Schlafplatz und Kasten von Njubu zeigen, die jedoch schon wieder belegt waren.

Otto cornerte noch zwei weitere Mitbewohner in Gestalt von Rahim und Ali für eine Befragung, aber er erntete nur Schulterzucken und „Nicht da, nichts weiß wo" von den jungen Männern.

Die Beamten bemerkten jedoch den gestrengen Blick von Michel Aziz auf seine Schutzbefohlenen und deren angstvolle Blicke, ob sie sich ohnehin richtig verhalten hätten.

„Mit denen ist nichts anzufangen", stellte Otto fest. Er hatte aber auch nicht wirklich etwas anderes erwartet.

Diese Feststellung rief ein selbstzufriedenes Lächeln auf dem Gesicht von Michel Aziz hervor, das wieder Wagner nicht entging.

„Kann ich Ihnen sonst noch irgendwie behilflich sein?", sülzte Michel Aziz.

„Nein, danke. Bitte melden Sie sich bei mir, falls Njubu Ngoro wieder auftaucht!" Wagner reichte ihm die Visitenkarte mit seiner Diensttelefonnummer.

„Selbstverständlich, das mache ich gerne, Herr Major", versicherte Michel Aziz treuherzig den beiden Beamten.

Schade um den feschen Major, den hätte ich gerne unter anderen Umständen kennengelernt. Schade auch um den dummen, hübschen Njubu, dachte Michel Aziz, der Zyniker, für sich.

Wagner und Otto verließen die Wohngemeinschaft in Richtung ihres unauffälligen Dienstwagens und Otto pfiff leise durch seine Zähne: „Wenn der nicht ganz genau weiß, dass der Bursche tot ist, fresse ich einen Besen samt Putzfrau."

„Du hast recht, Otto. Er hat nicht versucht, den Grund unseres Besuches wirklich herauszufinden. Aziz weiß, dass Njubu tot ist, sonst hätte er sicher noch einmal nachgefragt, warum wir da sind und was er im Einzelnen angestellt hat", stimmte ihm Wagner zu. „Wir fahren jetzt mit unserem Auto ein bisschen weiter und behalten die

Wohngemeinschaft im Auge. Die haben uns sicher nicht gesehen, als wir gekommen sind. Und jetzt haben sie es nicht gewagt, uns nachzugehen. Wir wollen doch einmal sehen, was jetzt passiert. Ich fahre, und falls eine Verfolgung zu Fuß notwendig sein sollte, dann gehst du ihm nach Otto, denn mich hat er zu sehr fixiert."

Gesagt, getan. Wagner und Otto parkten den neutralen Dienstwagen ein gutes Stück vom Haus entfernt und richteten sich auf eine längere Wartepause ein, die dann aber nicht lange dauerte.

Als Michel Aziz den beiden Beamten mit einem wehmütigen Blick auf den knackigen Hintern Wagners nachsah, überkam ihn extreme Wehmut. Warum musste es denn sein, dass ihm angesichts fescher Männer alle Sicherungen zum Selbstschutz durchbrannten? Sein verfluchtes Pech musste doch immer zuschlagen! Warum konnte er nicht auch einmal Glück in Liebesdingen haben? Trotzdem konnte ihm keiner was, das Gästehaus war von ihm ordentlich aufgeräumt worden!

Da fiel ihm siedend heiß die Perrier-Flasche ein, die er in die Mineralwasserkiste gestellt hatte, ohne sie abzuwischen! Warum konnte er nur so dumm gewesen sein, die Flasche nicht gleich zu vernichten?

Nur ruhig, Michel!, befahl er sich selbst. Du lässt dir jetzt noch einen Espresso servieren und dann tust du ganz beiläufig und zufällig so, als ob du noch eine Besorgung hättest, und fährst zum Gästehaus, um Tabula rasa zu machen.

Michel Aziz' Schützlinge fanden nichts Besonderes an seinem Verhalten, als er sich seinen Edelespresso in der goldenen Tasse servieren ließ, denn sie waren nach dem Eintreffen der Neulinge viel zu sehr mit dem Erstellen der notwendigen neuen Hackordnung in der Gruppe beschäftigt. Rahim führte, von Omar tatkräftig unterstützt, das große Wort.

Die Neuen sahen immer wieder zu Michel Aziz hinüber, der den Behauptungen Omars und Rahims nicht widersprach. Michel Aziz wusste, dass die beiden aufgrund ihrer Volljährigkeit ohnehin die Gruppe verlassen müssten, und dann würden die Karten wieder neu gemischt werden. Hauptsache, seine Schützlinge verhielten sich ihm gegenüber folgsam und unterwürfig und machten ihm außerhalb des Heimes keinen Ärger. Dafür wollte er schon mit den entsprechenden Methoden sorgen.

Nachdem er seinen Espresso fertig genossen hatte, reichte er seine Tasse dem servilen Rahim, dem er mit großer Geste und kurzem Befehl die Tasse und damit die Aufsicht über das Heim anvertraute.

Michel Aziz rief sich auf der Straße ein Uber-Gefährt, sah sich prüfend um und bemerkte nichts Verdächtiges. Trotzdem ging ihm die verfluchte Perrier-Flasche nicht aus dem Kopf.

Wagner rief zufrieden: „Schau, schau, da hammer'n ja schon! Komm nur, mein spezieller Hawara!"

Sie folgten in unauffälligem Abstand dem Mietwagen, der Michel Aziz zur Stätte von Njubus Tragödie nach Breitenlee brachte. Wie immer ließ sich Michel Aziz einen Häuserblock entfernt absetzen, aber er bemerkte den unauffälligen Audi nicht, der ihm die ganze Strecke gefolgt war und den Otto verließ, als Michel Aziz ausstieg.

Otto folgte ihm in gebührendem Abstand, um nicht aufzufallen und um ihn nicht zu verlieren. Ottos professionelle Mühe wäre gar nicht notwendig gewesen, denn Michel Aziz war höchst eilig unterwegs und sah weder nach links noch nach rechts, geschweige denn nach hinten.

An der Eingangstür des von außen unscheinbaren Hauses scheiterte Michel Aziz daran, das Türschloss zu öffnen. Der Schlüssel passte nicht ins Schloss. Sein Gefummel wurde immer hektischer, bis er schließlich erkannte, dass Pater Hermann wohl seine böse Hand im Spiel gehabt haben musste. Zur Sicherheit überprüfte Michel Aziz noch das Schloss zur Hintertür und das zur Garage, aber alle Schlösser waren ausgetauscht worden. Kalter Schweiß brach ihm aus.

„Oh, du Höllenpriester! Der Teufel wartet schon mit der langen Gabel auf dich! Hoffentlich steckt er sie von ganz hinten bis ganz nach vorne durch dich durch und dreht sie dabei zehnmal um, du korruptes Schwein!", fluchte Michel Aziz halblaut vor sich hin, stampfte auf und spuckte auf den Boden. Er blickte gehetzt um sich, aber Otto hatte sich schon längst hinter die nächste Hausecke verzogen.

Michel Aziz war verzweifelt. Irgendwie muss ich in das Haus hineinkommen. Die Flasche muss weg!, überlegte er.

Er ging durch den kleinen Garten hinter das Haus. Glücklicherweise waren die Fenster im Erdgeschoß nicht vergittert. Leider waren aber alle Fenster geschlossen. Eigentlich sollte es kein Problem sein, eine Scheibe einzuschlagen. Das würde hier draußen auch niemand bemerken, hoffte er.

Suchend blickte er sich nach einem geeigneten Gegenstand um. Da erblickte er neben dem Geräteschuppen einen Spaten zum Umstechen der Beete. Soweit ihm erinnerlich war, verfügten die Fenster über keine besondere Einbruchssicherung. Es sollte also ein Leichtes sein, ein Fenster aufzustemmen.

Otto hatte inzwischen Wagner mittels Handy über die vergeblichen Versuche Michel Aziz', die Tür zu öffnen, informiert. Wagner hatte den Wagen geparkt und sich gemeinsam mit Otto an das Gästehaus herangeschlichen.

„Wollen wir ihn gleich fragen, was er hier zu suchen hat, oder warten wir ab?", fragte Otto.

„Natürlich abwarten. Vielleicht zeigt er uns ja, was wir wissen wollen, und wir ersparen uns eine Menge Fragerei."

Michel Aziz hatte den Spaten an ein Fenster angesetzt und es gelang ihm nach einigen Versuchen, das Fenster aufzustemmen. Gewandt zog er sich an der Brüstung hoch und verschwand für einige Zeit im Inneren des Hauses.

„Abwarten? Das ist doch offensichtlich eine Straftat!", wollte Otto wissen.

„Abwarten, vielleicht ist er hier ja auch zu Hause."

Zwischenzeitlich war Michel Aziz wieder im aufgestemmten Fenster erschienen und stellte eine offensichtlich leere Perrier-Flasche auf das Fensterbrett. Erstaunlich behände schwang sich Michel Aziz wieder in den Garten zurück.

„Das scheint ja ein wertvolles Leergut zu sein, wenn man dafür Einbrechen geht!", ätzte Wagner. „Jetzt sollten wir ihn uns schnappen." Mit wenigen Schritten waren sie bei Michel Aziz.

„Na, Herr Aziz, dafür bekommen Sie aber nicht ausreichend Flaschenpfand, um das Fenster zu reparieren", höhnte Otto.

Michel Aziz fuhr zusammen, wurde grünlich im Gesicht und mit einem Aufstöhnen schleuderte er die Perrier-Flasche auf den Boden, der unglücklicherweise für ihn mit Rasen bedeckt war. Die Flasche blieb unversehrt.

„Herr Aziz, jetzt sollten Sie uns aber dringend erklären, was das für eine Aktion war. Sie dringen gewaltsam in ein Haus, für das Sie offensichtlich normalerweise Schlüssel haben, und kommen mit einer leeren Mineralwasserflasche wieder heraus", fragte ihn Wagner sehr bestimmt.

Michel Aziz schwieg. Sein Gesicht war noch immer grünlich, er zitterte am ganzen Körper und schwitzte heftig.

Schließlich würgte er heraus: „Ich bin nicht eingebrochen, ich bin befugt, dieses Haus zu betreten."

„Herr Aziz, Sie halten jetzt am besten einmal den Mund und reden dann erst wieder, bis wir Sie fragen", hielt Otto befriedigt fest. Er konnte seine Antipathie gegen den schönen Michel Aziz nur mühsam verbergen.

„Otto bitte, ich habe ihn gefragt. Lass ihn ausreden", meinte Wagner etwas ungehalten. „Also einen passenden Schlüssel besitzen Sie nicht? Wem gehört dieses Haus?"

„Es gehört zur Filoxenia und ich habe hier Hausrecht und darf hinein. Erkundigen Sie sich bei Pater Hermann Sandauer, der wird Ihnen das bestätigen", verteidigte sich Michel Aziz tapfer.

„Das werden wir tun. Was hat es mit dieser Flasche auf sich, die doch offensichtlich so wichtig für Sie ist? Aber bevor Sie weiterreden, weise ich Sie darauf hin, dass Sie uns natürlich nichts sagen müssen, was Sie möglicherweise belastet", informierte ihn Wagner gesetzeskonform.

„Was soll ich denn verbergen?", konterte Michel Aziz mit dem Rücken zur Wand.

„Das müssen Sie schon selbst wissen. Also wollen Sie uns die Geschichte erzählen oder lieber schweigen?", setzte Otto genüsslich nach.

„Ich habe Ihnen nichts mitzuteilen und möchte jetzt gehen."

„Herr Aziz, das klären wir ab. Sie bleiben erst einmal bei uns. Ein Streifenwagen wird Sie zum Schottenring bringen und Sie werden dort so lange bleiben, bis wir geklärt haben, was es mit der ganzen Sache hier auf sich hat", hielt Wagner mit amtlicher Stimme fest.

„Selbstverständlich können Sie von dort einen Anwalt verständigen, wenn Sie meinen, dass Sie einen notwendig haben", ergänzte Otto.

Michel Aziz wandte zaghaft ein: „Aber ich habe Ihnen doch gesagt, dass alles rechtens ist."

„Schluss jetzt, wir verfahren so, wie ich es Ihnen angekündigt habe", ordnete Wagner an.

Zwischenzeitlich war ein von Otto angeforderter Streifenwagen eingetroffen und die beiden uniformierten Kollegen verfrachteten Michel Aziz nach sorgfältiger Perlustrierung auf den Rücksitz. Michel Aziz hatte mittlerweile einen soliden grüngrauen Teint und sprach kein Wort mehr.

„Bringen Sie diesen Herren zum Schottenring und lassen Sie ihn im Befragungszimmer warten. Diese Flasche muss sofort in der Kriminaltechnik gründlichst untersucht werden."

Nach der Abfahrt des Streifenwagens wandte sich Wagner an Otto: „Du, ich glaube, wir sind einer oberfaulen Sache auf der Spur. Wenn dieser Aziz Hausrecht hätte, dann hätte er doch einen passenden Schlüssel und müsste nicht durchs Fenster einsteigen. Wer weiß, auf was wir in dem Haus noch stoßen. Wir bleiben besser hier. Jedenfalls betritt keiner von dem Verein mehr die Bude und beseitigt für uns wichtige Spuren! Otto, du bleibst hier und hältst Wache. Ich fahre zu diesem Priester und stelle ihm einige, möglicherweise unangenehme Fragen. Dann komme ich mit dem Typen hierher und wir schauen uns einmal im Haus um. Falls er Schwierigkeiten macht, dürfte es ein Leichtes sein, einen Durchsuchungsbefehl dafür zu bekommen. Aber verlass dich darauf, ich werde dem Herren schon klarmachen, dass es besser ist, mit uns freiwillig zu kooperieren."

Mit diesen Worten ging Wagner zu seinem Wagen und fuhr Richtung Hauptquartier der Filoxenia.

Cherchez la femme
A. Dumas
et l'homme

Während der Fahrt musste Siegfried Wagner an Evelyne und den blöden Streit mit ihr am Freitagabend denken. Eigentlich war sie ja selbst schuld. Wie kam sie überhaupt dazu, in seinem Telefon zu schnüffeln? Andererseits wollte er wegen so einer Lappalie nicht mit ihr brechen, denn wie bereits festgestellt, würde es ihm sehr schwerfallen, auf ihre Vorzüge zu verzichten.

Außerdem hatte Evelyne den unbestreitbaren Vorzug, keinerlei Ambitionen zu haben, bei ihm etwa einziehen zu wollen, sodass immer eine sehr angenehme Distanz bestand.

Mit einem leisen Schaudern dachte er an die rosa Bärchenhölle und deren mögliche Verlagerung in seine edel gestylte Wohnung. Welch grauenhafter Gedanke!

Warum nicht einmal anrufen und die Lage peilen? So viel Zeit muss sein. Wagner fuhr rechts ran und wählte Evelynes Nummer, vorsichtshalber mit unterdrückter Rufnummernkennung.

„Hallo, wer spricht? Ich höre", meldete sich Evelynes vertraute Stimme.

„Ich bin's, dein ganz lieber Siggi", flötete dieser ins Telefon.

„Bist du schon ganz deppert? Du willst mit dem blöden Luder reden?", giftete es aus dem Telefon.

„Aber liebstes Schatzi, lass uns doch reden, so war es doch nicht gemeint. In der Hitze des Augenblicks sagt man viel, was einem nachher sehr leid tut", vollendete Wagner seinen Kotau.

„So, so. Und die Sache mit Jacqueline tut dir auch leid, oder was? Merke dir, mein Lieber, solange es offensichtlich noch ein zweites Schatzi gibt, spielt sich bei mir gar nichts mehr ab. Du kannst dich wieder bei mir melden, wenn du die Situation in meinem Sinne bereinigt hast. Und das heißt: Es hat für dich nur ein Schatzi zu geben, und das heißt Evelyne." Mit diesen herben Worten beendete Evelyne das erzieherische Gespräch.

Nun gut, dachte Wagner, da habe ich schon ganz andere Probleme gelöst. Ich brauche unbedingt einen Schutz für mein Telefon, den sie nicht knacken kann. Und mit einem schönen Wochenende am Neusiedler See werden wir die Sache schon hinbiegen. Wagner dachte nicht im Traum daran, sich seinen Freiraum auf diesem Gebiet einschränken zu lassen.

Evelyne hingegen kochte innerlich. Siggi, dieser schleimige Schuft, bildete sich doch glatt ein, mit einem kleinen Telefonat alles wieder ins Lot bringen zu können. Und was sie im Augenblick noch mehr ärgerte: Über kurz oder lang würde sie nicht auf seine Vorzüge verzichten wollen. Siggis frische, lustige Art, seine vielfältigen Interessen, sein Wagemut und seine Unverdrossenheit sowie seine ungezügelte Lebens- und Liebeslust waren bei den Männern in ihrer Branche extrem dünn gesät. Schließlich hatte sie doch eine ganze Reihe von diesen langweiligen Familienvätern ausgetestet. Tristan Heydrich stellte im Vergleich zu den Durchschnittsbankern zwar schon eine erhebliche Steigerung dar, aber an Siggis Qualitäten langte er bei Weitem nicht heran.

Rache bleibt süß und es würde ihrem verletzten Ego äußerst guttun, jetzt spontan zu Tristan zu greifen. Der Gedanke an ein amouröses Abenteuer zur Mittagsstunde gefiel ihr immer mehr. Sie wusste ganz genau, dass Tristan alles liegen und stehen lassen würde, wenn er nur ihrem Befehl zum Erscheinen folgen durfte.

Das Luxushotel Am Hof schien ihr für die geplante Rache an Siggi der geeignete Ort zu sein. Tristans Leidenschaft zum Ungewöhnlichen würde sich dabei positiv bemerkbar machen.

Das ehemalige Bankgebäude war von einem Investor in ein Luxushotel verwandelt worden und die Kassenhalle in ein edles Restaurant samt großzügiger Bar.

Auf der Seite rechts neben dem Restaurant befand sich ein gemütlicher, loungeartiger Bereich, in dem Getränke serviert wurden und wo man sich gut privat unterhalten konnte. Ganz anders als an der großen Jugendstil-Theke vor der Bar im Hauptraum, die zum Sehen und Gesehen-Werden angelegt war.

Mit einem bösartigen, kleinen Lächeln griff Evelyne zum Hörer ihres Designertelefons, das dekorativ auf dem futuristischen Schreibtisch in ihrem spartanischen, aber gleichzeitig luxuriösen Büro platziert war. Zur Verwunderung ihrer sparsamen Kollegen hatte sie sich diese außergewöhnliche Ausstattung auf eigene Kosten angeschafft. Tristan meldete sich sofort nach dem ersten Läuten.

„Tristanchen, dir steht eine unvergessliche Mittagspause bevor. Du darfst sie mit mir im Park Hyatt Am Hof verbringen. Mach dich auf und bewege deinen süßen Arsch dorthin. Vor dem Eingang wartest brav, bis ich dich dort abhole. Hast du mich verstanden?"

Tristans Stimme zitterte vor Begeisterung, als er ihr „Ich werde mich eilen, geliebte Herrin!" entgegenhauchte.

„Und, Tristanchen, zieh dir bitte etwas Ordentliches an." Dabei dachte Evelyne mit Schaudern an den selbstgestrickten, schlabbrigen, unförmigen Schafwollpullover, den Tristan bei ihrem letzten Treffen getragen hatte und den er wohl auf einem Charity-Basar von Planet 2020 erstanden hatte.

Sie legte den Hörer auf. Zum Park Hyatt waren es ja nur wenige Schritte von ihrem Büro in der Renngasse und sie wollte die verbleibende Zeit nutzen, um die Lage vor Ort zu sondieren. Sie war sich sicher, eine äußerst kreative und vor allem befriedigende Lösung für alle Beteiligten zu finden. Evelyne hatte aufgrund ihres großen Erfolges, dem Vorbild von amerikanischen Berufskollegen folgend, den Anspruch auf einen privaten Sanitärbereich für ihre ausschließliche Nutzung. Einer der wenigen Vorzüge, die sie dem amerikanischen Way of Life abgewinnen konnte. Ein kurzer Blick in den Spiegel, etwas Rouge, ein Spritzer Fleurs du Mal, einmal die langen Haare gebürstet – und auf in den Kampf.

Nach wenigen Schritten in der Wiener Innenstadt und quer über Am Hof betrat sie das Foyer des Luxushotels. Wohlgefällig betrachtete sie das exquisite Interieur mit dem Restaurant und der Bar im Hintergrund. Links neben der Rezeption stand ein noch nicht zusammengeklappter Rollstuhl, der sofort ihre Aufmerksamkeit auf sich zog. Mit schnellen Schritten ging sie zur Rezeption und erkundigte sich beim Rezeptionisten: „Wie schön, dass Sie hier einen Rollstuhl haben. In Kürze kommt mein zurzeit stark gehbehinderter Freund und ich könnte ihn gleich mit dem Rollstuhl am Eingang abholen, damit er sich nicht zu sehr abquälen muss, um ins Restaurant zu kommen."

„Aber natürlich, gnädige Frau, darf ich Ihnen behilflich sein?", sülzte der von Evelyne offensichtlich faszinierte Rezeptionist.

„Danke, sehr freundlich von Ihnen, aber das mache ich lieber alleine. Mein Freund ist sehr empfindlich und seine Behinderung ist ihm etwas peinlich", erwiderte Evelyne dem darob etwas Enttäuschten.

Mit schnellen Schritten schob sie den Rollstuhl vor den Eingang, hinaus auf den Gehsteig. Nach wenigen Augenblicken näherte sich Tristan mit federnden Schritten und strahlender Miene. Etwas verwundert sah er auf den Rollstuhl, den Evelyne vor sich herschob.

„Tristan, du stellst jetzt keine Fragen, sondern tust genau das, was ich dir sage", gab Evelyne Tristan keine Gelegenheit, irgendetwas zu sagen oder sie auch nur zu begrüßen. „Du setzt dich jetzt sofort in den Rollstuhl und machst ein leidendes Gesicht, weil du durch einen Unfall gerade stark gehbehindert bist."

„Aber, ich hab doch", setzte Tristan zu einer Erwiderung an, verstummte aber angesichts Evelynes entschlossenen Gesichtsausdrucks sofort.

„Lieber Tristan, du bleibst jetzt schön im Rollstuhl und wir nehmen erst mal einen Drink an der Bar. Alles Weitere wirst du dann schon sehen und ohne große Fragerei akzeptieren."

Mit einem ergebenen Seufzen ließ sich der erstaunte Tristan in den Rollstuhl fallen und setzte, wie angeordnet, eine Leidensmiene auf. Evelyne manövrierte das Gefährt geschickt durch die Türen in die Haupthalle zur Bar.

Der dienstbeflissene Kellner entfernte sofort an einer Seite des Tisches den Stuhl, um für Tristan Platz zu machen, und Evelyne parkte den unglücklich wirkenden Tristan geschickt am Tisch ein. Selbst ließ sie sich in der Pose einer Grande Dame am Tisch nieder.

„Na, mein Schatz, warum schaust du so geknickt drein? Alles wird wieder gut", fügte sie ein wenig ironisch hinzu.

„Hoffentlich nichts Ernstes", erkundigte sich der Ober mitfühlend bei seinen Gästen.

„Nein, er war nur etwas ungeschickt mit seinem Rennrad, das wird schon wieder", ließ Evelyne Tristan nicht zu Wort kommen.

„Herr Ober, wir nehmen ein Dutzend Fines de Claire No. 2 und eine Flasche Bollinger Rosé."

Tristan machte große Augen: „Ist das nicht etwas viel

zu Mittag schon?"

„Tristan, bitte nerve mich nicht mit deiner Fragerei, das sagte ich dir doch schon. Genieße lieber den Augenblick. So etwas kommt nicht so schnell wieder."

„Na, wenn du meinst. Ich bin schon gespannt, was du planst."

Nach kurzer Zeit erschien der Kellner mit den geöffneten Austern auf einem Bett von Eis und einer noch geschlossenen Flasche Bollinger Rosé. Nachdem er die Flasche mit großartiger Geste und viel zu lautem Knall geöffnet hatte, schenkte er die Gläser ein und wollte sich diskret entfernen. Evelyne konnte sich nicht enthalten, ihn mit den Worten „Von Engelsfürzchen haben Sie in Ihrem Leben wohl noch nichts gehört?" zu rügen.

Der Kellner entschuldigte sich mit rotem Gesicht: „Entschuldigen Sie bitte, einige unserer Gäste sind der Meinung, dass Champagnerkorken knallen müssen."

„Schau ich für Sie wie eine Russin aus?", wollte Evelyne wissen. Sie genoss es sichtlich, den bemitleidenswerten Kellner zu quälen.

„Selbstverständlich nicht, gnädige Frau." Mit diesen Worten trat der Ober den Rückzug an.

„Wenn du schon jemanden quälen willst, dann lieber mich", wagte es Tristan in das Gespräch einzugreifen.

„Tristanchen, jetzt genießen wir den Champagner und die Austern und dann folgt das Dessert."

Tristan sah sich von der Pracht des Raumes beeindruckt um: „Bist du öfters hier?"

„Ab und zu will ein Kunde hier mit mir essen gehen,

es ist ja nicht weit vom Büro und das Service ist rasch und normalerweise tadellos. Außerdem müssen die Kunden bezahlen, wenn sie mit mir essen gehen wollen. Aber keine Angst, heute zahle ich", sagte sie, als sie Tristans erschrockenen Gesichtsausdruck sah.

„Das hier ist weit über dem Planet 2020-Budget", erwiderte Tristan trocken.

„Ich weiß, ihr müsst mit euren Mitteln die Welt retten. Das ist ein mühsames Geschäft, weil so viele, die die Welt retten, dabei noch Vorteile davon haben wollen. Wenn ich mir deine handgestrickten Kolleginnen anschaue, kann ich mir nicht vorstellen, dass sie etwas hierfür ausgeben wollen", analysierte Evelyne die Sachlage nüchtern.

„Du hast ja so recht, meine Göttin. Das macht dich ja sooo unwiderstehlich!" Tristan prostete ihr zu.

„Es geht nichts über den guten Geschmack an den edlen Dingen des Lebens", stellte Tristan befriedigt fest, nachdem sie die Austern mit großem Appetit verputzt und jeder schon das zweite Glas Champagner getrunken hatte.

„Wie wahr." Evelyne sah Tristan nachdenklich an. „Den Rest des Champagners trinken wir nach dem Dessert." Mit diesen Worten erhob sich Evelyne und schob den überraschten Tristan im Rollstuhl in Richtung Behindertentoilette.

Vor der Tür wollte sich Tristan aus dem Rollstuhl erheben, aber Evelyne drückte ihn energisch nieder. „Mein Schatz, strenge dich nicht so an, ich komme hinein und helfe dir!" Mit diesen Worten schob sie Tristan hinein.

Durch die dick gepolsterte Tür der Behindertentoilette drangen glücklicherweise nur leise Geräusche der sportlichen Höchstleistungen, die der durch Austern und Champagner gestärkte und selige Tristan gemeinsam mit Evelyne erbrachte. Die Einrichtung der Toilette, mit Wickeltisch und diversen Haltegriffen, war dem Treiben äußerst förderlich.

Nach einer guten Viertelstunde verließ Evelyne, gefolgt von einem vor Glück strahlenden Tristan, der seinen Rollstuhl schob, den nun wieder stillen Ort des Geschehens.

„Tristanchen, lass das Behindertengefährt stehen, du hast soeben eine wundersame Heilung erfahren", lachte Evelyne.

Rundum befriedigt ließen sich die beiden an ihrem Tisch nieder und widmeten sich dem Rest des Champagners. Dem erstaunten Ober teilte Evelyne beim Begleichen der Rechnung mit: „Ich habe dem Hypochonder ja immer gesagt, dass das alles nicht so schlimm ist. Da sieht man wieder, was ein paar Austern und ein edler Champagner in Ordnung bringen können. Ein guter Champagner verleiht Flügel", sprach's und verließ bei Tristan untergehakt die gastliche Stätte. Der Kellner blickte ihnen sprachlos nach.

Nie sollst du mich befragen II

Schwungvoll parkte Siegfried Wagner den Dienstwagen unmittelbar vor der ungastlichen Eisentür des filoxenischen Hauptquartiers in Ottakring. Nach kurzem, energischen Klingeln ertönte wieder die krächzende Stimme von Schwester Hildegard: „Bitte, wer da?"

„Hier Major Wagner, ich muss nochmals zu Pater Hermann." Da der Ton seiner Stimme keinen Widerspruch zuließ, öffnete sich nach kurzer Zeit die Tür. Wortlos begleitete die Nonne den Major zum Arbeitszimmer des Paters.

„Ah, wie schön Sie wieder zu sehen, Herr Major Wagner!"

„Pater Hermann, soeben haben wir einen Eindringling in eine Ihrer Immobilien in Breitenlee in Gewahrsam genommen. Es handelt sich dabei um Michel Aziz, den Betreuer von Njubu Ngoro. Er hat gewaltsam ein Fenster geöffnet, nachdem er feststellen musste, dass sein Schlüssel für die Eingangstür nicht passt. Er behauptet, dort das Hausrecht zu haben, und Sie könnten das bestätigen. Sie oder ein anderer Verantwortlicher müssen mit dem passenden Schlüssel kommen, damit wir dort Nachschau halten können."

Pater Hermann schluckte und begann schon wieder zu transpirieren.

„Aber, aber, warum gleich so amtlich. Was kann dort schon passiert sein? Ein einfaches Gästehaus für Besucher ist dort", versuchte er die Lage zu entschärfen.

„Eben, das müssen wir jetzt sofort überprüfen", erwiderte Wagner ungerührt und ganz amtlich.

„Äh, hat das nicht noch etwas Zeit? Im Augenblick bin ich sehr beschäftigt. Ich habe eine Sitzung mit dem Direktor der Filoxenia und dem Generaldirektor der Raiffeisen, übrigens ein sehr guter Freund Ihres Polizeipräsidenten!", versuchte Pater Hermann eine Nebelgranate zu werfen.

„Das ist schön für ihn, aber trotzdem müssen wir sofort in das Gebäude. Wenn Sie wirklich so pressiert sind, können wir mit dem Schlüssel auch alleine Nachschau halten. Es wird bestimmt nichts verschwinden", setzte Wagner süffisant nach.

Mit einem leichten Seufzen griff Pater Hermann in der bewussten Schublade seines venezianischen Schreibtisches nach dem Schlüssel zum Gästehaus. „Dann komme ich wohl besser selbst mit, lassen Sie mich nur den Termin ein bisschen verschieben. Es wird ja wohl nicht so lange dauern."

Er griff zum Hörer seines Telefons, wählte eine offenbar interne Nummer und teilte dem toten Anschluss am anderen Ende mit, dass der ach-so-wichtige Termin um eine halbe Stunde verschoben werden müsste.

„Auf denn, in Gottes Namen", meinte er zu Wagner gewandt.

Ermittlungen III

„Na willkommen", begrüßte Otto Dorazil die beiden. „Jetzt können wir endlich sehen, was der Zweck der Aktion von Michel Aziz wirklich war."

Mit unglücklichem Gesichtsausdruck schloss Pater Hermann die Tür auf. Der Hausflur war einfach gehalten, aber kaum betraten sie den Salon, pfiff Otto angesichts der luxuriösen Teppiche, der Hausbar und des Entertainment-Centers laut durch die Zähne: „In so einem Gästehaus würde ich auch gerne untergebracht werden."

„Das ist ja unglaublich, wie das hier aussieht! Ich war seit Jahren nicht hier! Das letzte Mal war es tatsächlich nur ein bescheidenes Gästehaus. Das müssen Sie mir glauben!", tat Pater Hermann komplett überrascht, in künstlicher Empörung. „Was hat der Aziz hier gemacht?"

„Na, das sollten Sie doch besser wissen? Warum hat der gute Herr keinen Schlüssel mehr, wenn er hier offensichtlich alleine schalten und walten konnte?", hakte Otto bei Pater Hermann nach, dem es die Sprache verschlagen hatte.

Staunend und schweigsam gingen sie durch die Räumlichkeiten, wobei Wagner sofort die Technik im Wirtschaftsraum ins Auge stach. Die Einrichtung hätte mit ihrem ultimativen Luxus jedem Fünfsternehotel gut zu Gesicht gestanden. Der Whirlpool, der Saunabereich und die übergroßen Betten im ersten Stock sprachen eine eindeutige Sprache.

„Das hier scheint mir kaum für fromme Zwecke geeignet zu sein. Ein bisschen viel Luxus für ein reines Arbeitslogis", stellte Wagner trocken fest. „Oder sind Whirlpool, Sauna und Kingsize-Betten katholischer Standard für die Unterbringung auf Dienstreisen?"

„Tja, Sie sehen mich ebenso überrascht, wie Sie selbst sind, Herr Major."

Plötzlich ertönte Ottos Stimme aus dem Nebenraum: „Wie schön, ich kann euch auf dem Bildschirm sehen! Und aufnehmen und speichern kann ich das auch!"

„Hast du etwas Gespeichertes gefunden?"

„Nein, bis jetzt nicht. Wir lassen das alles genau von der IT-Abteilung untersuchen."

Pater Hermann wurde leichenblass und ließ sich hyperventilierend auf dem Sofa im Wohnzimmer nieder: „Was für ein Bildschirm? Welche Aufnahmen? Wovon sprechen Sie?"

„Nun, Pater, das ist doch ganz einfach. Solche Vorrichtungen sind, nicht erst heutzutage, gang und gäbe, besonders in einschlägigen Etablissements, wie auch das hier eins zu sein scheint. Interessant ist jetzt nur, was sich hier von Interesse zugetragen hat, damit es sich lohnte, es aufzunehmen." Otto war ganz sachlich.

„Aber das kann doch alles nicht sein!", rief Pater Hermann mit nicht mehr gespielter Empörung. „Da hat mich jemand auf das Übelste ausgenützt!"

„Also Pater Hermann, sagen Sie uns jetzt die Wahrheit. Was spielte sich in diesem Gästehaus wirklich ab? Wir stellen den Laden auf den Kopf und Sie wissen ja bestimmt, dass alles und jeder hier seine Spuren hinterlassen hat, die die Spurensicherung zutage fördern wird", bohrte Otto nach.

„Michel Aziz ist anscheinend zu dem einzigen Zweck hier eingestiegen, um eine leere Mineralwasserflasche der Marke Perrier zu entfernen. Diese Flasche muss für ihn wohl eine sehr große Bedeutung haben und wir sind gespannt, was die Kriminaltechnik dazu zu sagen hat", fügte Wagner hinzu.

„Sie haben uns noch immer nicht gesagt, warum das Schloss ausgetauscht wurde und wer hier das Sagen gehabt hat. So eine Inneneinrichtung entsteht nicht zufällig und ist auch nicht billig. Erzählen Sie uns bitte nicht, das sei einzig und allein die Initiative von Michel Aziz gewesen. Finanziell ist das dem doch gar nicht möglich und das hat auch nichts mit seiner Flüchtlingsbetreuung zu tun."

Pater Hermann stand auf, ging schweigend zur Bar und schenkte sich einen Schwenker XO-Cognac ein, den er mit hastigen Schlucken leerte und sofort nachfüllte.

„Halt, das reicht! Sie bleiben nüchtern!", meinte Otto mit neidischem Unterton und sehnsüchtigem Blick auf die Hausbar.

Pater Hermann ließ sich nicht aufhalten und schenkte sich zum zweiten Mal nach. Der XO-Cognac blieb auf Pater Hermann nicht ohne Wirkung. Er nahm wieder etwas Farbe an im Gesicht.

Mit einem Schulterzucken wandte er sich an Wagner. „Herr Major Wagner, wir leisten Außerordentliches für die Gesellschaft, darunter natürlich auch für die armen Flüchtlinge. Das ist eine, in den meisten Fällen unbedankte Tätigkeit, mit viel Druck von der Öffentlichkeit. Alles muss am besten gestern schon geschehen sein, die Bilder von obdachlosen Flüchtlingen in den Medien erzeugen einen immensen Druck, der an uns weitergegeben wird. Die Klienten sind grundsätzlich nicht dankbar, sondern widersetzlich und von der Realität des Lebens im sogenannten goldenen Westen bitter enttäuscht.

Das Geld liegt bei uns eben nicht auf der Straße, es sind keine willigen, unterwürfigen, schönen, jungen Frauen da, die sie sofort heiraten wollen. Es gibt keine luxuriösen Wohnungen für sie und keine Tätigkeiten, mit denen sie sofort reich werden können. Niemand hat auf sie gewartet und die Realität ist schmutzig und bitter."

„Pater Hermann, sparen Sie sich doch bitte diese Predigt für den nächsten Sonntag. Uns ist das alles zur Genüge bekannt. Sagen Sie uns jetzt endlich, was sich hier abgespielt hat. Über kurz oder lang werden wir das ohnehin ermitteln und für Sie gibt es dann keinen Zusammenarbeitsbonus mehr."

„Meine Herren, ich sage Ihnen wirklich die Wahrheit, glauben Sie mir. Wir haben das Gebäude einmal vererbt bekommen und zugegebenermaßen etwas aufwendig renoviert. Herr Aziz hat die ganzen Arbeiten beaufsichtigt und auch bis vor Kurzem die Verantwortung für das Gästehaus getragen. Es fanden hier anstrengende Arbeitstreffen und kleine Feiern statt, die wir uns so angenehm wie möglich gestaltet haben, wofür Sie doch sicher Verständnis haben. Sie wissen doch: Stressabbau ist für die Arbeitsleistung sehr wichtig, um einem Burnout vorzubeugen. Wir arbeiten alle an der Grenze unserer Belastbarkeit. Den Stressabbau in der Öffentlichkeit zu betreiben, würde einen falschen Eindruck von unserer Tätigkeit vermitteln.

Allerdings kam mir in letzter Zeit der Verdacht, dass Herr Aziz das Gebäude für mir nicht bekannte Zwecke missbräuchlich verwendet. Es stimmt, ich war an diesem Abend tatsächlich einmal hier. Ich habe dem Schwarzen gar nichts getan. Er hatte wohl etwas zu viel getrunken. Aus mir unerklärlichen Gründen hat er mich plötzlich angegriffen und gewürgt. Nur dank der Hilfe von Herrn Aziz habe ich die Sache überlebt. An diesem Abend wurde mir endgültig klar, zu welchen Zwecken Herr Aziz unser Gästehaus zweckentfremdet hat. Deshalb habe ich das Schloss ausgewechselt und Herrn Aziz den Zutritt verboten. Wenn er etwas anderes behauptet hat, dann ist das gelogen."

„Gut, Pater Hermann, danke für Ihre Mitarbeit. Wir werden das Gebäude versiegeln und in Kürze wird es gründlichst untersucht werden. Bitte seien Sie so nett, uns den Schlüssel zu geben, dann können wir die Sache zunächst ohne Staatsanwaltschaft und Gericht erledigen", bedankte sich Wagner.

Mit unbewegter Miene überreichte ihm Pater Hermann wortlos die Schlüssel zum Gästehaus und so löste sich die Versammlung auf.

Schottenring II

Michel Aziz wartete mit schlecht verhohlener Nervosität im Befragungszimmer auf die Ermittler. Wohl gelaunt klimperte Major Siegfried Wagner mit den Schlüsseln zum Gästehaus.

„Pater Hermann hat uns über alles aufgeklärt. Fragt sich nur, warum Sie nicht mit ihm Rücksprache genommen haben, um diese seltsame Mineralwasserflasche aus dem Haus zu holen. Und interessant wäre es auch zu wissen, was tatsächlich im Gästehaus passiert ist, dass Ihnen der Pater den Zugang gesperrt hat. Darüber unterhalten wir uns später. Ich habe eben mit dem Staatsanwalt gesprochen. Sie können nach Hause gehen, aber halten Sie sich zu unserer Verfügung."

Michel Aziz atmete auf, da mischte sich jedoch Otto Dorazil ins Geschehen ein: „Nicht ganz so schnell, wir benötigen Ihre Fingerabdrücke und mit Ihrem Einverständnis eine DNA-Probe."

Michel Aziz' eben noch vorhandene Zuversicht verflüchtigte sich im Nu. Diese verdammte Flasche, warum hatte er sie nicht beim Aufräumen verschwinden lassen. An alles hatte er gedacht, nur an diese vermaledeite Flasche nicht.

Gerne hätte er die DNA-Probe verweigert, aber das hätte ihn noch verdächtiger gemacht. Wie gut, dass er wenigstens alle Datenträger mit den kompromittierenden Aufnahmen wohl verwahrt hatte.

„Der Kollege Dorazil wird Sie zum Erkennungsdienst bringen, danach können Sie gehen, unter der Voraussetzung, dass Sie ständig für uns erreichbar bleiben."

„Danke, ich muss mich um meine Schutzbefohlenen kümmern. Die treiben sonst nur Unfug", erwiderte Michel Aziz.

„Da haben Sie sicher recht, Herr Aziz, mit Jugendlichen hat man immer Zores", entließ ihn Wagner huldvoll.

Anschließend setzte sich Wagner an seinen Computer und begann mit wenig Enthusiasmus einen ausgiebigen Bericht zu erstellen, den er gleich an seinen Chef und den Staatsanwalt weiterleiten wollte. Das würde den Rest des Tages in Anspruch nehmen.

Nach etlichen Stunden kreativen Papierkriegs und erfolgtem Weiterleiten seines Berichts erwachte in Wagner die Sehnsucht nach Abwechslung und weiblicher Zuwendung. Mit Evelyne würde es am Abend wohl nichts mehr werden angesichts des erbitterten Schlagabtausches. Also warum nicht die Vizin anrufen? Entschlossen wählte er die Nummer des Salons Angelika.

„Salon Angelika, Sabine am Apparat", flötete Bibbis Stimme aus dem Hörer.

Auch nicht schlecht, dachte Wagner, auf jeden Fall plüschfrei.

„Siegfried Wagner hier, ist Jacqueline zu sprechen?", erkundigte sich Wagner vorsichtig angesichts Jacquelines berechtigter Eifersucht.

„Nein, leider nicht da, sie muss heute Nachmittag ihre Plüschbären kämmen", antwortete Bibbi frech.

Wagner musste laut lachen. „Na das ist aber schade, da hat sie genug Beschäftigung und sicher keine Zeit für mich und einen romantischen Abend."

Bibbi ergriff sofort die Initiative und packte die unerwartete Chance am Schopf: „Das geht aber gar nicht, dass du heute Abend alleine sein musst. Du hast sicher einen anstrengenden Tag hinter dir."

„Ich muss gar nicht alleine sein, wir könnten schön Essen gehen und anschließend könntest du mir die Verspannungen wegmassieren. Hättest du Zeit dafür?"

Bibbi lächelte genauso zufrieden wie die Katze, die den Kanarienvogel verspeist hat: „Na gerne, Siegfried, für die Exekutive tue ich doch alles. Hol mich in einer halben Stunde im Salon Angelika ab."

Wagner strahlte und dachte, dass er endlich einen unkomplizierten Abend bei seinem Freund Adonis mit Bibbis Massagekünsten als Dessert und in einer plüschfreien Zone verbringen würde.

„Sagen wir mal, eine dreiviertel Stunde, ich muss mir noch den Schmutz des Verbrechens wegduschen."

„Du bist ein echter Gentleman, Siegfried! Ich freue mich schon sehr. Ich packe auch mein Spezialöl ein."

Und so geschah es.

Ein wissend lächelnder Wirt Adonis begrüßte Wagner mit seiner Bibbi herzlich, packte seinen griechischen Charme aus, spendierte einige Runden Sekt aufs Haus und flüsterte Wagner beim Fortgehen begeistert zu: „Das ist bis jetzt die angenehmste und netteste Dame deiner Begleitung. Mach das Beste draus."

Erwartungsvoll fuhren die beiden mit dem Taxi zu Bibbis Wohnung im fünften Bezirk, in Margareten. Die folgenden Aktivitäten von Wagner und der Vizevizin Bibbi sind nun Ihrer Phantasie überlassen ...

Zuerst hatte er kein Glück
und dann kam auch noch Pech dazu

frei nach J. Wegmann

Völlig deprimiert und wütend auf die Ungerechtigkeiten des Lebens verließ Michel Aziz die Kriminaldirektion am Schottenring. Jetzt brauchte er dringend eine moralische Stärkung in Form eines edlen Tropfens, vorzugsweise Whisky.

In einem Geschäft in der Stadtmitte erstand er eine Flasche Single Malt und nahm die Schnellbahn nach Hause Richtung Transdanubien. Während der Fahrt wälzte er dunkle Gedanken, stärkte sich aus seiner Flasche und ignorierte seine darob schockierten Mitfahrenden gänzlich.

„Omar, Rahim und Hamed müssen weg, die Schlingel wissen zu viel. Die sind offiziell auch schon über 18 und haben kein Recht zum Bleiben in der Wohngemeinschaft."

In Hirschstetten angekommen, hatte der Whisky seine segensreiche Wirkung entfaltet und Michel Aziz' Stimmung etwas verbessert. Trotzdem blickte er unwirsch auf seine Schutzbefohlenen, allen voran die drei übelsten Spitzbuben Omar, Rahim und Hamed. Da fiel ihm wieder die geniale Lösung zur Entfernung der Beteiligten aus dem Wiener Umfeld ein, die öfters für Klienten der Filoxenia angewendet wurde. Er hatte einen guten Bekannten in der Tierversorgungsorganisation Gut Gnadenbrot, die immer gerne gegen Kost und Quartier Volontäre auf ihren Tierhöfen beschäftigte. Dort könnten sie ihm, weit weg vom Schuss, nicht mehr gefährlich werden und auch den hoch bezahlten Betreuungsplatz nicht mehr durch ihre Präsenz verstopfen.

Er rief die Burschen in sein Büro und eröffnete ihnen seine Zukunftspläne für sie: „Meine Herren, ihr habt hier Wohnung und Ausbildung genossen und seid offiziell auch schon über 18 geworden. Ihr wisst, dass ihr nicht mehr hier bleiben könnt. Ich habe für euch Plätze für die Mitarbeit als Volontäre auf dem Gut Gnadenbrot als Tierpfleger besorgt. Übermorgen werdet ihr dort anfangen."

Omar, Rahim und Hamed waren sprachlos. Damit hatten sie nicht gerechnet. Was war das überhaupt, Gut Gnadenbrot?

Rahim fand als erster seine Sprache wieder: „Herr Aziz, was wollen Sie mit uns machen? Waren wir nicht treu und gehorsam genug? Wir haben doch immer alles getan, was Sie uns gesagt haben! Das kann doch nicht sein, dass Sie uns nach allem, was wir für Sie getan haben, wegschicken wollen!"

Michel Aziz blieb vollkommen ungerührt angesichts der Erregung seiner Schützlinge. „Es war doch von Anfang an immer klar gewesen, dass ihr mit 18 die Wohngemeinschaft verlassen müsst. Das war nie ein Geheimnis. Gut Gnadenbrot ist ein Gnadenhof für alte Tiere und ihr lernt dort, Tiere richtig zu betreuen. Ihr seid in der frischen Luft in einer sehr schönen Landschaft in Salzburg oder Oberösterreich."

Omar war noch immer entgeistert: „Frische Luft, Salzburg, Oberösterreich, wo ist das? Und Tiere pflegen, etwa Schweine und Hunde? Ich als Moslem darf das gar nicht."

„Von dürfen kann keine Rede sein, du wirst müssen", entgegnete Michel Aziz eiskalt.

„Denken Sie an Njubu. Da haben wir Ihnen geholfen. Jetzt brauchen wir Hilfe. Wir wollen hierbleiben. Wir gehen nicht weg", wandte Rahim aufsässig ein.

„Ich weiß nicht, wovon du sprichst, Rahim. Übermorgen müsst ihr übersiedeln. Ich will jetzt nichts mehr von euch hören", schloss Michel Aziz die Unterhaltung ab.

Er griff zum Telefon und wählte die Nummer seines Freundes Martin Unterhauser beim Gut Gnadenbrot.

„Ja grüß dich, Martin, Michel Aziz hier. Ich habe drei Jungs für dich, die Landluft benötigen. Bring sie bei dir als Volontäre unter. Die Filoxenia wird dir ein Taggeld für die Unterbringung bezahlen, wie gehabt."

„Grüß dich, Michel. So nett von dir zu hören. Ich hoffe, es geht dir gut. Kein Problem, wir können immer Freiwillige, die uns keine Kosten verursachen, brauchen. Sag mir, wann ich den Bus in deine Wohngemeinschaft schicken soll, alles läuft dann wie schon gehabt."

„Martin, du bist ein Sir. Du tust so viel Gutes für diese jungen Menschen. Wenn es geht, wäre morgen der beste Zeitpunkt."

„Das machen wir, aber erst übermorgen. Danke dir für deine liebe Zuwendung. Vielleicht kommst du einmal mit und schaust dir an, was diese jungen Menschen bei uns so leisten."

„Gerne, gerne, mein lieber Freund. Ich danke dir für

deine rasche Hilfe. Das nächste Mal komme ich gerne mit."

Nach diesem befriedigenden Gespräch kam Michel Aziz nicht umhin, die glückliche Lösung für sein Problem mit dem Rest der Flasche Whisky zu feiern.

Das bittre Brot der Verbannung essen I

W. Shakespeare

Pater Kurt Gansterer, der Ordensobere Pater Hermanns, sah ihn angewidert und streng an. Er ließ ihn vor dem Schreibtisch in seinem äußerst nüchtern mit uralten Vollholz-Büromöbeln zweckdienlich eingerichteten Büro stehen.

„Pater Hermann, gestern rief mich mein Bundesbruder aus dem Innenministerium an. Dort liegt der Bericht eines Major Wagner vor, der sich im Rahmen einer Mordermittlung das luxuriöse Domizil in Breitenlee angesehen hat. Und glauben Sie mir, der Bericht ist sehr detailliert. Wie konnte es überhaupt dazu kommen, eine derartige Stätte des Lasters auszustatten? Woher haben Sie das Geld dafür genommen? Aber ersparen Sie mir jegliche Details, bevor mir endgültig schlecht wird.

Sie haben dadurch für schlechte Nachrichten über die Filoxenia, die Kirche und natürlich über unseren Orden gesorgt. Ihr fehlgeleiteter Ehrgeiz und Ihre Großmannssucht haben Sie zu einem äußerst unangebrachten Verhalten verleitet, um es gelinde auszudrücken. Sie haben die redliche und uneigennützige Arbeit von vielen Menschen zum Wohle der Schwachen und Hilflosen in den Schmutz gezogen."

„Aber ich habe doch immer auf Diskretion geachtet", versuchte sich Pater Hermann zu rechtfertigen. „Das sind doch alles nur blöde Bubengeschichten."

„Unterbrechen Sie mich nicht. Ist das Ihre einzige Rechtfertigung für die hemmungslosen Übertretungen Ihrer Gelübde, indem Sie Geld für Ihnen nicht zustehenden Luxus verschwendet haben? Sie widern mich an. Schlechte Publicity ist das Letzte, was wir brauchen können.

Wie Sie wissen, sind Spenden eine der wichtigsten Einnahmequellen für unsere Tätigkeit. Wie kommen die armen Pflegebedürftigen und Behinderten dazu, durch Ihr perverses Streben nach Luxus leiden zu müssen? Wer wird schon gern für das Dolce Vita von Ordensmitgliedern spenden?"

Pater Hermann jammerte leise „oje, oje". Er schwitzte. Sein Gesicht war aschfahl geworden und er stand wie ein Häuflein Elend vor Pater Kurt.

„Also, mein unwürdiger Mitbruder, der Schaden ist getan. Wir müssen alles unternehmen, um ihn zu begrenzen!", stellte Pater Kurt gnadenlos fest. Und vom Siezen zum Duzen übergehend: „Du kannst wählen, ob du in den Kongo in die Mission gehen willst oder ein stilles, unauffälliges Leben im Waldviertel im Kloster der Stille vorziehst. Unser betagter Mitbruder dort ist vor Kurzem verstorben."

Pater Kurt genoss sichtlich seine Rolle als strafender Racheengel. Er hatte Pater Hermann noch nie leiden können und sein ehrgeiziges und aufgeblasenes Getue war ihm schon immer ein Dorn im Auge gewesen.

Pater Hermann traf das Urteil wie ein Keulenschlag. Er schwankte, und um nicht niederzufallen, ließ er sich

auf den Besucherstuhl vor dem Schreibtisch nieder-
sinken.

„Ja, besser du nimmst Platz. Trink ein Glas Wasser. Ich
will wegen dir nicht die Rettung rufen müssen", sprach
der gefühllose Ordensobere zum wehleidigen Pater Hermann.

Pater Hermann nahm einen Schluck und wischte sich
den Schweiß von der Stirn.

„Na, was darf's denn sein? Das Waldviertel oder der
Kongo? Du hast noch eine Minute Zeit zum Wählen,
dann wähle ich für dich."

„Ich bin schon zu alt für den Kongo. Das tropische
Klima ist mir nicht bekömmlich", würgte Pater Hermann
heraus.

„Eine weise Wahl. Das ist sicher das Beste für alle
Beteiligten. Du fährst heute noch ins Waldviertel. Ein
Mitbruder wird dich und deine Sachen hinfahren."

„So rasch? Aber ich kann doch gar nicht mein Büro
aufräumen und meine Arbeitssachen einpacken", wagte
Pater Hermann einzuwenden.

„Um deine Bürosachen mach dir keine Sorgen, die
übernimmt dein Amtsnachfolger. Für das Waldviertel
benötigst du nur deine Kleidung. Dort ist alles schon von
deinem Vorgänger eingerichtet und du kannst sofort einziehen. Für die konkreten Einzelheiten ist der Pater Öko-
nom zuständig. Sein Büro befindet sich auf der anderen
Seite des Ganges. Du bist entlassen!"

Pater Kurt streckte ihm die Hand mit seinem Hir-
tenring zum Küssen hin, was Pater Hermann pflicht-

schuldigst erledigte. Danach verließ er wie ein begossener Pudel mit eingeklemmtem Schwanz das Büro seines
Ordensoberen.

Schottenring III

Siegfried Wagner wurde durch Lärm im Haus geweckt. Sein Nachbar in der Berggasse hatte wohl wieder einmal einen Großeinkauf im Baumarkt getätigt und bohrte fleißig in der Wand. Ein Blick auf die Uhr zeigte ihm, dass es höchste Zeit war ins Büro zu fahren. Wagner hatte sich am Vorabend mit dem Hinweis auf dringende, dienstliche Verpflichtungen mit Mühe aus Bibbis Fängen befreit. Sie war zwar sexy, aber auf Dauer äußerst ermüdend. Wie gut, dass er immer bei den Damen nächtigte. Es wäre kaum möglich, anhängliche Damen ohne Umstände aus seiner Wohnung zu bekommen. „My home is my castle" war Wagners Wappenspruch. Weibliche Störeinflüsse von außen hielt er tunlichst aus seinem Allerheiligsten fern, die einzige Ausnahme stellte seine Putzfrau dar.

Mit Schwung sprang Wagner unter die Dusche und gönnte sich zu guter Letzt einen Schwall kalten Wassers.

„Guten Morgen, lieber Siegfried, auf, dem Verbrechen nach!", trällerte er vor sich hin, als er den kurzen Weg zur Dienststelle am Schottenring mit federnden Schritten hinter sich brachte.

„Guten Morgen, Jean Harlow, wie war die Nacht?", grüßte er Otto Dorazil gut gelaunt.

Otto erwiderte den Gruß etwas mürrisch. Seine Gattin, derzeit auf Bio-Trip, hatte ihm unbekömmliche Körndlpeckerei in Form eines Bio-Müslis zum Frühstück kredenzt, denn sie war der Meinung, er ernähre sich zu ungesund und zu kalorienreich. Sein Übergewicht war natürlich auch Thema gewesen. Aber die Liebe geht noch immer durch den Magen!

„Na endlich bist auch du erschienen, Siggi. Es gibt einige interessante Neuigkeiten. Auf der Perrier-Flasche wurde in einer Blutspur DNA von diesem Schwarzafrikaner gefunden. Außerdem eine brauchbare Fingerspur, die eindeutig von unserem Michel Aziz stammt.

Dr. Kratochwil ist sich ziemlich sicher, dass die Verletzung am Hinterkopf des Toten durch die Perrier-Flasche verursacht wurde. Die Griffspuren am Flaschenhals entsprechen den Fingerabdrücken von unserem Michel Aziz. Das erklärt wohl auch sein seltsames Interesse an der Flasche. Ich habe eine Streife nach Hirschstetten geschickt, um ihn festzunehmen und herzubringen."

„Ausgezeichnet. Dann scheint der Fall, zumindest was den Ne... äh Schwarzen betrifft, wohl aufgeklärt zu sein. Fehlt nur noch das Motiv."

„Bezüglich Motiv denken wir beide so ziemlich dasselbe, die übliche Schwulengeschichte halt", stellte Otto genüsslich fest. „Wir werden den Burschen schon weichkochen."

Wagner nickte bestätigend und genehmigte sich einen Kaffee aus der professionellen Espressomaschine, die sich die Beamten im Büro von ihrem eigenen Geld geleistet hatten.

Zur gleichen Zeit, während des Kaffeekränzchens unter Kollegen am Schottenring, läutete es heftig am Tor der

Wohngemeinschaft für unbegleitete Minderjährige in Hirschstetten. Ein verknitterter und verkaterter Michel Aziz befahl Omar das Tor zu öffnen, weil er mit dem Bus des Gutes Gnadenbrot zur Abholung seiner überflüssigen Schützlinge rechnete.

Die zwei uniformierten Polizisten waren eine unangenehme Überraschung für ihn. Gerne wäre Michel Aziz geflüchtet, aber er war aufgrund seines Katers nur eingeschränkt bewegungsfähig und starrte wie das Kaninchen auf die Schlange in den Hof, den die Beamten überquerten.

„Herr Aziz, bitte kommen Sie mit. Wir haben den Auftrag, Sie zum Verhör zu Major Wagner zu bringen."

Michel Aziz leistete keinen Widerstand und bemühte sich um einen halbwegs würdigen Abgang vor seinen Schützlingen, indem er erhobenen Hauptes den Beamten voranschritt. Hinter seinem Rücken grinsten Omar, Rahim und Hamed breit. Feixend sahen sie ihm nach.

Michel Aziz wurde im Gebäude am Schottenring sofort in den Verhörraum gebracht. Kurze Zeit darauf erschienen Major Wagner und Gruppeninspektor Dorazil bei ihm.

„Herr Aziz, Sie wissen, Sie können jederzeit einen Rechtsbeistand beiziehen, Sie können zur Sache aussagen oder auch nicht. Ich denke aber, es ist besser für Sie, dass wir die Sache jetzt zu einem Ende bringen. Also, was haben Sie uns zum Haus in Breitenlee zu sagen?", forderte ihn Wagner mit verständnisvollem Blick und freundlichem Ton auf.

„Herr Major Wagner, es tut mir alles so leid. Njubu war ein fescher und attraktiver Bursche. Etwas naiv und naturbelassen, ganz unverdorben. Gerade das hat seinen Charme ausgemacht."

„Was ist denn eigentlich passiert mit ihm?"

„Unsere Arbeit mit den jungen Männern ist sehr anstrengend. Jugendliche im eigentlichen Sinn sind sie ja nicht mehr, weil sie alle über ihr Alter lügen. Es herrscht das Gesetz des Dschungels. Mit Verständnis kommt man nicht weit, dann halten uns die Burschen für schwach. Wir müssen vor allem für Ordnung unter ihnen sorgen", warb Michel Aziz um Verständnis.

„Gut, aber was hat das mit dem Haus der Filoxenia in Breitenlee zu tun? Wir haben uns den Prachtbau angeschaut und fragen uns, wozu solcher Luxus notwendig sein soll. Was passiert dort?"

„Das Gästehaus ist zur Erholung gedacht."

„Zur Erholung für die Flüchtlinge?"

„Nein, für die Verantwortlichen in der Versorgung der Flüchtlinge. Bei all dem Stress und der Belastung in dieser unbedankten Tätigkeit ist es notwendig, zwischendurch zu entspannen. Außerdem haben wir Arbeitstreffen über notwendige Maßnahmen dort abgehalten."

„Das mit der Entspannung müssen Sie uns nun aber näher erklären", forderte ihn Otto auf.

„Es war alles Pater Hermanns Idee. Der hat es auch finanziert. Ohne ihn wäre das alles nicht möglich gewesen. Er hat halt ein Faible für junge Männer und lässt sich von ihnen mit Freuden verwöhnen. Die Migranten haben das gerne getan, denn sie haben immer gut daran verdient. Keiner wurde zu irgendetwas gezwungen, im Gegenteil, sie wollten immer an den Abenden teilnehmen dürfen."

„Was war Ihre Rolle dabei, Herr Aziz?"

„Ich habe die Treffen im Auftrag von Pater Hermann organisiert und vorbereitet. Ich war für die Bewirtung und für die Betreuung durch die jungen Herren zuständig."

„Und wer verkehrte außer Ihnen und Pater Hermann noch dort?"

„Nun ja, es war ein gewisser Martin Scheuer aus dem Gemeinderat dort, ein Kemal Özyrek aus dem Magistrat, Pater Hermann und andere Gäste, deren vollen Namen ich nicht kenne. Meistens aber nur zwei bis drei Gäste."

„Wenn wir uns die Einrichtung vor Augen halten, dann dürfte es dort nicht immer Friede, Freude, Eierkuchen bei den Entspannungsübungen gewesen sein", ätzte Otto.

„Je nach Tagesverfassung. Manchmal waren auch Sadomaso-Spielchen der härteren Art gewünscht. Aber immer alles freiwillig."

„Und was war mit der Freiwilligkeit bei Njubu?"

„Das ist ganz blöd gelaufen. Glauben Sie mir, ich wollte das alles nicht. Njubu war anfänglich zu allem bereit, aber plötzlich hat er Pater Hermann angegriffen. Ich wusste mir einfach nicht zu helfen, ich dachte Njubu bringt den armen Pater Hermann um. Er hat ihn schon am Hals gepackt gehabt."

„Und dann?"

„Dann habe ich in meiner Verzweiflung die Mineralwasserflasche genommen und Njubu eines übergebraten, darauf ist er unglücklich auf die Kante der Sitzbank gefallen."

„Herr Aziz, wieso haben Sie nicht die Rettung und Polizei verständigt, wenn es Nothilfe war?"

„Es war offensichtlich zu spät dafür. Njubu war schon tot. Pater Hermann hätte niemals so einen Skandal geduldet. Es war ein Unfall! Ich wollte Njubu doch nicht umbringen, sondern nur Pater Hermann helfen."

„Und was geschah weiter?"

„Omar und Rahim haben die Leiche zur Donau gebracht, offenbar haben sie die Neue Donau mit dem Hauptstrom verwechselt. Sonst wäre Njubu nicht so rasch gefunden worden."

„Gut, Herr Aziz, das reicht zunächst einmal. Der Haftrichter wird entscheiden, ob Sie in Untersuchungshaft genommen werden. Zunächst bleiben Sie einmal hier bei uns."

Nachdem Michel Aziz abgeführt worden war, stellte Wagner zufrieden fest: „Na, Otto, das ist ja ein ordentliches Wespennest, in das wir hineingestochen haben. Ich glaube dem Aziz durchaus. Dass es sich im Großen und Ganzen so zugetragen hat, ist möglich. Pater Hermann wird dazu auch noch einiges erklären müssen. Wir schreiben jetzt einmal einen ausführlichen Bericht für die Staatsanwaltschaft und dann werden wir weitersehen."

Otto machte ein nachdenkliches Gesicht: „Da müssen wir aufpassen. Es sind so viele Großkopferte involviert, das erfordert Fingerspitzengefühl."

„Richtig. Deshalb bekommt die Staatsanwaltschaft sofort unseren Bericht. Die werden sich dann schon zu Wort melden, wie es weitergehen soll. Und Oberstleutnant Kraus informieren wir auch sofort. Der wird hocherfreut sein, dass seine Abteilung den Täter so rasch gefasst hat. Da fällt genug Glanz auch auf ihn ab."

Neue Besen kehren gut

Freidank

Der sportliche und noch jugendlich aussehende Mitbruder Pater Ivo Nemsic wurde sehr rasch vom Sekretär in Pater Kurt Gansterers Büro geführt, wo er von ihm äußerst freundlich begrüßt wurde.

„Willkommen, Pater Ivo. Ich habe von Ihnen bis jetzt nur Gutes gehört. Ihre Leistungen in der Jugendseelsorge sind beachtenswert."

„Danke, Pater Kurt, ich arbeite gerne mit den Jugendlichen und habe einen guten Draht zu ihnen. Man muss jungen Menschen eine sinnvolle Betätigung bieten und Anerkennung geben, dann klappt das mit ihnen", erwiderte Pater Ivo bescheiden. Der Pater leitete erfolgreich einen beliebten Jugendklub im rauen Umfeld des zehnten Wiener Gemeindebezirks. Das Viertel bescherte ihm genug nichtchristliche Gäste in seinem gemütlichen Jugendzentrum, da Menschen aus allen möglichen Herkunftsländern dort wohnten, darunter auch viele Mohammedaner.

Gutes Benehmen und die Teilnahme an Gruppenstunden vorausgesetzt, durften sich alle Jugendlichen dort aufhalten, kostenlos Getränke wie Saft, Tee und Kaffee konsumieren und der Enge ihres familiären Umkreises entfliehen. Das Ganze funktionierte natürlich nur unter entsprechender Aufsicht reibungslos. Wer sich daneben benahm, hatte keine Chance mehr, die Vorteile des

Jugendklubs nützen zu dürfen. Pater Ivo war diesbezüglich ein Anhänger von eiserner Disziplin und brachte Unruhestiftern null Verständnis entgegen.

„Pater Ivo, ich habe für Sie eine große Aufgabe. Sie müssen ab sofort die Leitung der Betreuung von Migranten seitens der Filoxenia übernehmen", ließ Pater Kurt die überraschende Neuigkeit verlauten.

„Aber die Leitung hat doch Pater Hermann Sandauer inne", entgegnete Pater Ivo freudig überrascht.

„Pater Hermann ist der Herausforderung nervlich nicht mehr gewachsen. Es ist aufgrund seiner Überlastung zu bedauerlichen Fehlentwicklungen gekommen. Er bedarf jetzt dringend der Ruhe und der inneren Einkehr. Wir hingegen benötigen auf der Stelle einen dynamischen Geist auf dem Posten, der Ordnung schafft."

„Das kommt völlig überraschend. Ich weiß gar nicht, was ich sagen soll", freute sich Pater Ivo über seine plötzliche Beförderung vom Kaplan zum Chef.

„Pater Ivo, Sie sind dem Orden und der Kirche verpflichtet und beide brauchen Sie jetzt. Sie werden sofort die Stelle im Büro in Ottakring antreten. Ihre Verfügungen für das Jugendzentrum können Sie von dort aus treffen. Ich bin mir sicher, dass Sie genügend Mitarbeiter haben, denen Sie die Leitung im Zehnten anvertrauen können."

„Muss ich noch etwas Besonderes wissen?"

„Es gibt sehr viele Details, die kann ich jetzt mit Ihnen nicht alle besprechen. Schwester Hildegard in der Verwaltung kennt sich sehr gut aus und wird Sie einarbeiten.

Es werden sich in den nächsten Tagen Ihre Ansprechpartner in den verschiedenen Betreuungsstellen bei Ihnen melden. Wichtig ist, dass jetzt jemand fest die Zügel in die Hand nimmt."

„Ich werde Sie nicht enttäuschen, Pater Kurt", versicherte Pater Ivo, der während des Gespräches um zirka sieben Zentimeter gewachsen war. Er würde das Beste aus seiner Beförderung machen. Schließlich war er wesentlich fähiger und sympathischer als sein schleimiger und hinterhältiger Vorgänger.

Demütig küsste er zum Abschied den Ring seines Ordensoberen und verließ breit grinsend den Raum, um umgehend seine Führungsstelle im Ottakringer Büro anzutreten.

Gehorsam ist des Christen Schmuck

F. Schiller

Dr. Dr. Bruno Hartmann, Ministerialrat im Justizminis-
terium, blickte gelangweilt auf seinen leeren Schreibtisch,
auf dem eine Gratiszeitung aus der U-Bahn lag. Zwar
nicht Qualitätsjournalismus, aber doch sehr unterhaltsam, wenn man es mit dem Wahrheitsgehalt nicht zu
genau nahm. So wusste er wenigstens, was die Bevölke-
rung bewegte.

Das Klingeln seines Vintage-Telefons riss ihn aus den
Überlegungen zum Thema Immobilienskandal in der
Wiener Innenstadt.

„Hier Peter Stecher von der Staatsanwaltschaft",
ertönte eine ihm bekannte Stimme im Hörer.

„Ja grüß dich, Peter, was kann ich für dich tun, hoffentlich nichts Kompliziertes?"

„Ich habe hier einen brisanten Ermittlungsbericht von
einem Major Wagner, es betrifft die Filoxenia, und es
könnte negative Schlagzeilen bedeuten, wenn das an die
Öffentlichkeit kommt. Am besten ich schicke dir den Fall
per E-Mail und möchte dich bitten, die Entscheidung
zu treffen, wie wir in dieser Causa weiter verfahren sollen. Alles, was die Filoxenia betrifft, ist heikel. Mittlerweile haben die dort mehr Grüne zugange als ordentliche
Katholiken. Die Grünen teilen immer gern an andere aus,
aber berechtigte Kritik einstecken können sie gar nicht."

„Gut, verstanden, schick mir den Kram zu. Ich werde

mich bei meinen Kontaktleuten informieren und dir Bescheid geben, was wir machen."

Ministerialrat Hartmann war wenig erfreut, denn kriminelle Vorgänge rund um die Filoxenia bedeuteten äußerst unangenehme Arbeit und einen Tanz wie durch ein Minenfeld. Der oberste verantwortliche geistliche Leiter der Filoxenia, Pater Kurt Gansterer, war Bundesbruder von ihm bei der Wälsungia mit dem Verbindungsnamen Iwein. Wenigstens hatte er dadurch einen guten direkten Informationskanal und eine hervorragende Gesprächsbasis – ein Vorteil bei der Aufklärung dieser Vorfälle.

Seufzend öffnete Ministerialrat Hartmann die Nachricht auf seinem Bildschirm. Dem ausführlichen Bericht Major Wagners war klar zu entnehmen, wie sich die Ereignisse mit ungebremster Eigendynamik ins unappetitlich Dekadente gesteigert hatten. Bei der Beschreibung des Gästehauses pfiff Ministerialrat Hartmann leise durch die Zähne. Dieser Auswuchs würde seinem Bundesbruder Iwein sauer aufstoßen, der ein sehr bescheidener und geerdeter Mensch geblieben war und der sich wirklich zum Wohle der Schwachen und Schutzlosen verausgabte. Der einzige positive Aspekt an der Geschichte war die rasche Aufklärung der Angelegenheit.

Warum in die Ferne schweifen, sieh, das Gute liegt so nah, dachte Ministerialrat Hartmann. Wenn ich mir die Sache recht überlege, hat der Beschuldigte Aziz die Wahrheit gesagt, was die Nothilfe anbelangt. Was hätte er anderes machen sollen, um diesen sündigen Priester zu retten. Diese Farbigen verfügen doch oft über Riesenkräfte. Jeder gute Strafverteidiger macht aus dieser anrüchigen Situation einen Riesenskandal in den Medien. Das können wir in diesem Klima überhaupt nicht brauchen, dass Migranten über Priester herfallen müssen, um sich ihrer Haut zu wehren.

Die Sache ist hiermit aufgeklärt. Basta! Angehörige des verstorbenen Njubu Ngoro sind uns nicht bekannt, genauso wie sein Herkunftsland unsicher ist. Wer wird ihn vermissen? Also warum unnütz Staub aufwirbeln? Vor allem gilt es jetzt zu vermeiden, dass irgendwelche NGO-Profiteure von der Sache Wind bekommen und daraus Kapital schlagen wollen, indem sie einen lauten Aufschrei provozieren.

Es verblieb nur mehr, die unrühmliche Rolle Pater Hermanns abzuklären. Aber dafür würde ein Gespräch unter Verbindungsbrüdern ausreichend sein. Ministerialrat Hartmann griff wenig motiviert zum Hörer und wählte die Nummer seines Bundesbruders Iwein, Pater Kurt Gansterers, der fast sofort abhob.

„Lieber Iwein, hier Ekkehard. Mein lieber Bundesbruder, wir haben hier eine unappetitliche Angelegenheit, die deine Firma betrifft."

„Ah, ich ahne, worum es geht. Es betrifft doch sicher die Vorgänge um diesen unsäglichen Pater Hermann. Leider hat ihn ein ahnungsloser Vorgänger von mir auf den falschen Posten gesetzt, für den er vollkommen ungeeignet ist. Ich habe sofort die entsprechenden Maßnahmen getroffen und diesen Unglückswurm, eher eine Made im Speck, alleine in ein Waldviertler Schweigekloster ver-

205

bannt. Dort wird er keinen Schaden mehr anrichten können."

„Ausgezeichnet, Iwein! Damit hast du mir schon eine
wesentliche Entscheidungshilfe gegeben. Wir konnten
ihm eigentlich kein kriminelles Vergehen nachweisen,
abgesehen von seiner Leidenschaft für junge Männer
und dekadenten Luxus auf Kosten der Filoxenia. Die jungen Männer waren sicher schon volljährig und der Ver-
storbene wollte ihn erwürgen. Der Rest der Angelegenheit fällt in deine Abteilung. Luxuriöse Inneneinrichtung,
Speisen und Getränke sind nicht strafbar, davon leben
ganze Industrien. Es sei denn, du möchtest Pater Hermann wegen Veruntreuung von Mitteln anzeigen. Das
kann ich mir aber nicht vorstellen", fügte Ministerialrat
Hartmann mit einem leisen Kichern hinzu.

„Um Gottes Willen, Ekkehard, ja nicht. Wir sind mit
der Geldverschwendung schon gestraft genug und wollen das nicht in der Öffentlichkeit breitgetreten haben. Es
gibt so schon genug neidige linke Bazillen, die uns ans
Leder wollen."

„Sehr gut, mein Lieber. Ihr behandelt euren Part auf
eure Weise, diskret wie immer, und ich sorge dafür, dass
keine weiteren Ermittlungen in eure Richtung getätigt
werden, die vermutlich nur weiteres Peinliches ohne
Relevanz ans Licht bringen würden. Und nachdem wir
diese Angelegenheit jetzt so elegant gelöst haben, schlage
ich ein Treffen unter uns Bundesbrüdern im Schwarzen
Kameel am kommenden Freitagabend um 19 Uhr vor. Ich
denke, es wird ein Geschäftsessen der Filoxenia werden."

„Sehr wohl, ein berechtigter Öffentlichkeitsarbeitsaufwand, lieber Ekkehard. Und endlich für die Richtigen getätigt."

Mit den üblichen Höflichkeitsfloskeln endete das Gespräch zur beiderseitigen Zufriedenheit.

Ministerialrat Hartmann, fest von der Tüchtigkeit der österreichischen Polizei überzeugt, wollte keine Zeit mit nutzlosen Ermittlungen seiner Beamten verschwenden.

Er meldete sich umgehend bei Staatsanwalt Dr. Peter Stecher und überzeugte ihn Kraft seiner Autorität von der Ressourcenverschwendung und Überflüssigkeit weiterer Ermittlungen bei der Filoxenia. Im Übrigen handelte es sich ja wohl um einen klassischen Fall von Nothilfe, bei dem keinerlei strafbare Handlung erkennbar wäre. Also Akt schließen, Verfahren einstellen.

Staatsanwalt Stecher nahm die Weisung wenig überzeugt zur Kenntnis und setzte sich seinerseits mit Oberstleutnant Pepi Kraus in Verbindung. Gerne hätte Stecher noch ein wenig im Ameisenhaufen namens Filoxenia gestochert, denn seiner Meinung nach wurde dort ungestraft zu viel Unfug getrieben und die Nothilfe erschien ihm nicht eindeutig erwiesen. Andererseits sah er die Probleme und die Erfolglosigkeit eines Widerspruches gegenüber Ministerialrat Hartmann ein.

So geschah es also, dass der wenig überzeugte Staatsanwalt Stecher einem ebenso wenig überzeugten Oberstleutnant Kraus die weise Entscheidung der Staatsanwaltschaft mitteilte, die Ermittlungen gegen Michel Aziz und bei der Filoxenia in der Causa Njubu Ngoro einzustellen.

Oberstleutnant Kraus begab sich mit energischen Schritten und wichtiger Miene in Siegfried Wagners Dienstzimmer.

„Gratuliere, mein lieber Siegfried, den Fall haben wir sauber gelöst. Die Staatsanwaltschaft ist höchst zufrieden. So wie die Dinge stehen, ist die Kirche selbst in den Fall nicht verwickelt. Es handelt sich um Nothilfe für Pater Hermann seitens Michel Aziz. Das bedeutet keine Ermittlungen mehr. Schreibt in diesem Sinne einen ausführlichen Ermittlungsbericht."

Wagner sah seinen Chef fassungslos an. Seine Verwunderung galt nicht dem „wir", da er den Beitrag seines Chefs zur raschen Aufklärung des Falls nicht erkennen konnte, sondern dem Umstand, dass die Kirche doch sehr wohl in den Fall verwickelt war und weitere Ermittlungen in diese Richtung doch durchaus interessante Tatsachen ans Tageslicht bringen würden.

„Ich sehe schon, Siegfried, du bist nicht sehr überzeugt von dieser Entscheidung der Staatsanwaltschaft. Ich habe die Vermutung, dass diese Dienstanweisung von sehr weit oben kommt. Der zuständige Pater wurde ins Waldviertel in eine Einsiedelei entsorgt, das ist für diesen sicher Strafe genug. Das Einzige, was wir noch von dem Pater brauchen, ist ein schriftliches Protokoll, in dem er die Angaben von diesem Aziz bestätigt. Das sollte ja kein Problem sein. Wenn er nicht kooperiert, dann droht ihm mit weiteren Ermittlungen und peinlicher Publicity. Braucht der Staatsanwalt ja nicht erfahren. Das wär's. Sieh die Weisung als verbindlichen Befehl an."

„Das kommt für mich sehr überraschend, Pepi", erwiderte Wagner pikiert. „Das sind doch nicht nur blöde Bubengeschichten, da hängt doch mehr daran."

„Siggi, du weißt doch, der Ober sticht den Unter, und ob die ein paar Schwuleng'schichtel'n untereinander aussortieren müssen, braucht uns nicht zu interessieren."

„Und was ist mit den zwei Burschen, Omar und Rahim? Die haben doch Njubus Leiche verschwinden lassen!"

„Die werden arme Tiere zu Tode pflegen. Auf Gut Gnadenbrot. Und wenn sie nicht den Mund halten, werden wir ihnen noch auf geeignete Weise klarmachen, auf welch wackligen Füßen ihre Aufenthaltsberechtigung in unserem wunderschönen Land steht!"

Mit diesen Worten verließ Oberstleutnant Kraus das Zimmer und ließ Major Siegfried Wagner nebst Gruppeninspektor Otto Dorazil, beide angewidert von der hohen Politik der Staatsanwaltschaft, sprachlos zurück.

Otto fand zuerst die Sprache wieder: „Da hamma's wieder, die Pfaffen haben die besseren Beziehungen. Die Macht der Mutter Kirche zeigt sich wieder an der falschen Stelle."

„Recht hast du, Otto. Andererseits ist es vielleicht tatsächlich besser so. Oder möchtest du weiter in diesen homophilen Verhältnissen wühlen? Bringt doch nix. Strafbar ist das alles nicht, nur diesem Pater Hermann hätte ich gerne eins ausgewischt. Aber da ist uns jemand schon zuvorgekommen. Also, Otto, hau in die Tasten und stell im Bericht fest, dass Michel Aziz gar keine andere

Wahl blieb, als Njubu eins überzubraten, damit er von Pater Hermann ablässt. Schließlich hätte Njubu ihn sonst erwürgt."

Ende gut, alles gut!

W. Shakespeare

Siegfried Wagner griff zum Hörer seines Diensttelefons, rief in der Gewahrsamseinrichtung an und gab dem diensthabenden Beamten den Auftrag, Michel Aziz zu ihm zu bringen.

Nach kurzer Zeit erschien dieser in Begleitung eines uniformierten Beamten.

„Grüß Gott, Herr Aziz. Setzen Sie sich."

Michel Aziz, dessen Selbstbewusstsein auf ein Minimum gesunken war, ließ sich mit einem leisen Seufzen auf den angebotenen Stuhl plumpsen.

„Herr Aziz, Sie werden es nicht glauben, aber wir haben eine durchaus erfreuliche Nachricht für Sie. Der Ermittlungsrichter hat verfügt, dass wir Sie auf freien Fuß setzen müssen. Die Staatsanwaltschaft wird keine Anklage gegen Sie erheben und somit findet auch kein Verfahren gegen Sie statt. Vorausgesetzt natürlich, dass auch Pater Hermann Sandauer Ihre Angaben bezüglich der Nothilfe bestätigt. Aber das dürfte wohl kaum ein Problem werden. Sie halten sich natürlich weiterhin zu unserer Verfügung, falls noch Fragen oder Unstimmigkeiten auftauchen. Haben Sie mich verstanden?"

Michel Aziz wechselte von anfänglicher Verwunderung zu strahlender Freude. Darauf hatte er in den entsetzlichen Nachtstunden in der Zelle nicht einmal ansatzweise zu hoffen gewagt.

Überglücklich verließ er das Dienstgebäude am Schottenring und leistete sich einen Uber zur Wohngemeinschaft Filoxenia.

Das bittre Brot der Verbannung essen II

W. Shakespeare

Hamed hatte es sich in Michel Aziz' ergonomischem Bürostuhl gemütlich gemacht, in seliger Weltvergessenheit die Füße auf den Schreibtisch gelegt, sich mittels Kopfhörer in Njubus Telefon und Musikliste eingestöpselt und genoss den paradiesischen Zustand mit geschlossenen Augen. So hatte er sich das Leben vorgestellt: ganz entspannt im Chefsessel zu lümmeln und die anderen arbeiten zu lassen! Er fühlte sich schon ganz als Chef, denn er hatte die Truppe in den vergangenen Tagen in Abwesenheit von Michel Aziz befehligt, oder es zumindest mit äußerst durchwachsenem Erfolg versucht. Seine lieben Mitbewohner hatten nur das getan, was sie immer aufgrund der Heimroutine zu tun hatten, und sich so rasch wie möglich in Richtung reichere Fischgründe der Wiener Innenstadt verkrümelt. Auf seine Anordnungen hatten nur die Neuen marginal reagiert, die anderen hatten Hamed komplett ignoriert.

Erst als sie am Abend der Hunger nach Hause getrieben hatte, konnte Hamed seine Autorität erfolgreich bei den Vorbereitungen für das Abendessen, bestehend aus Nudeln mit Tomatensauce, ausspielen, da er rechtzeitig den Schlüsselbund für das Haus an sich genommen hatte. Michel Aziz war am Abend nicht mehr nach Hause gekommen und es war eine unruhige Nacht geworden, denn einige mussten sich natürlich laute Musik zu den aus der Speisekammer erbeuteten Snacks anhören, um die plötzlich erlangte Freiheit zu genießen. Erst ab ungefähr zwei Uhr war es halbwegs ruhig geworden.

Dementsprechend selig über die luxuriöse Ruhestunde entspannte Hamed in dem für ihn normalerweise verbotenen Sperrbezirk. Durch die Kopfhörer konnte er die Geräusche der Ankunft von Michel Aziz nicht hören und wurde von diesem äußerst grob aus dem Bürostuhl auf den Boden gekippt.

„Bist du schon ganz verrückt, Hamed? Was glaubst du eigentlich, wer du bist? Habe ich dir jemals gestattet, mein Büro zu benützen? Gib sofort das Mobiltelefon her!", zischte ihn Michel Aziz an, der nach den letzten Ermittlungserkenntnissen wieder nach Hause entlassen worden war und das von ihm erwartete Chaos im Heim vorgefunden hatte.

„Du elender Strolch, du hast auch den Schlüsselbund für das Haus genommen. Sofort her damit!" Nach einem Fußtritt in das Gesäß des auf dem Boden liegenden Hamed nahm er ihm den Schlüsselbund vom Gürtel und kickte ihn zur pädagogischen Verstärkung noch einmal ins Hinterteil. „Du hinterhältiger Hund glaubst, du kannst so einfach meinen Platz hier einnehmen? Dir werd ich's zeigen! Du kommst auf Gut Gnadenbrot in den Hundezwinger!"

Hamed, der sich schon als Beherrscher der Wohngemeinschaft gefühlt hatte, winselte untertänig schleimig: „Oh, verzeihen Sie mir bitte, Exzellenz, ich habe nur versucht, Sie zu vertreten."

„Mich zu titulieren hilft dir auch nichts. Du bist ein widerlicher Heimtücker! Schau, dass du mir aus den Augen kommst. Ich will dich heute nicht mehr sehen", fauchte Michel Aziz, wohl wissend, dass Hameds Verhalten vollkommen natürlich für die Dschungelgesetze seiner Schützlinge war. Aber so dreist sein Büro in Beschlag zu nehmen, das war wirklich zu viel!

Zunächst gönnte sich Michel Aziz einen edlen Espresso aus seiner goldenen Tasse und dachte darüber nach, dass er diesmal trotz aller Widrigkeiten Glück gehabt hatte. Von Rudi Nowak war im Betongrab keine Spur übrig geblieben und die Ausrede mit der Nothilfe war problemlos akzeptiert worden. Es war dieselbe alte Geschichte: Wenn es um Unfug in der katholischen Kirche ging, wurden von offizieller Seite die Samthandschuhe ausgepackt.

Nach Genuss des Edelespressos fühlte sich Michel Aziz gestärkt und voller Tatendrang. Die drei Problemkinder Omar, Rahim und Hamed mussten so schnell wie möglich entfernt werden.

Da fiel ihm ein, dass der Bus von Gut Gnadenbrot, wie mit Martin Unterhauser vereinbart, in wenigen Stunden eintreffen würde.

Die drei dachten sicherlich nicht mehr an die Verschickung nach Gut Gnadenbrot. Umso besser. Michel Aziz warf einen Blick in den Hof und stellte erfreut fest, dass sich alle Bewohner der Wohngemeinschaft zum Abendessen, das aus gutem Grund sehr früh am Abend stattfand, eingestellt hatten.

Michel Aziz nahm den Schlüsselbund, schritt zur Speisekammer, schloss auf und wies seine Schützlinge an, wie vorgesehen Gurken, Salat, Tomaten, Käse, Brot und Butter für das Abendessen vorzubereiten.

Dabei stellte er fest, dass die gesamte Menge an Vorräten von Knabbereien und Süßigkeiten verschwunden war.

„Aha, meine Kinder! Wenn die Katze aus dem Haus ist, tanzen die Mäuse auf dem Tisch. Was habt ihr in meiner Abwesenheit nur alles vertilgt? Daher heute Abend kein Käse und keine Butter. Wenn ihr glaubt, ihr könnt einfach machen, was ihr wollt, seid ihr bei mir an der falschen Adresse. Nach euren Ausschweifungen von gestern kann euch ein einfaches Essen nur guttun."

Wortlos folgten die Burschen und stellten Butter und Käse in den Vorratsraumkühlschrank zurück. Als sie nach den Fruchtsäften greifen wollten, schüttelte Michel Aziz den Kopf und wies auf die Wasserleitung. Ein Tee würde vollkommen ausreichend und bekömmlich sein.

Mitten in den Vorbereitungen zum Abendessen läutete es am Tor. Diesmal war es wirklich Martin Unterhauser, der begeistert die jungen Männer bei ihren Vorbereitungen betrachtete.

„Grüß dich, lieber Michel, Mon Cher. Welch nette, junge Leute du da hast. So ordentlich und gut organisiert!"

„Martin, mein Freund! Wie schön, dass du schon da bist. Komm in mein Büro, dort können wir uns in Ruhe unterhalten. Darf ich dir etwas anbieten?"

„Einen Espresso nehme ich gerne, mehr geht wirklich

nicht. Wie geht es bei dir? Wie man so sieht, bestens."

Michel Aziz bemühte sich nonchalant zu bleiben, rief den neugierigen Hamed herein und befahl ihm, dem Gast einen Espresso zu servieren.

„Selbstverständlich, mein lieber Martin. Wie du siehst, erfreuen wir uns des größten Andrangs. Deswegen müssen uns auch die über 18-Jährigen verlassen, damit wieder Platz für andere Schutzbedürftige wird."

„Da helfe ich dir gerne dabei. Es geht ja nichts darüber, Jugendlichen eine sinnvolle Beschäftigung mit Tieren zu ermöglichen."

„Martin, ich muss dir sagen, dass unsere Burschen besonders von Hunden fasziniert sind. Vielleicht hast du da irgendwo ein Plätzchen für sie. Das würde sie sicher sehr freuen."

„Michel, du denkst immer nur an die anderen. Wir werden schauen, was geht."

Während Martin Unterhauser seinen Kaffee genoss, schritt Michel Aziz in den Hof und befahl Rahim, Omar und Hamed, ihre Sachen zu packen. Die drei waren vom Donner gerührt und blieben wie versteinert stehen. Das konnte doch nicht wahr sein. Sie hatten doch unmissverständlich gedroht alles auszuplaudern. Aber Michel Aziz war trotzdem wiedergekommen, die Polizei hatte ihn nicht behalten!

„Na, meine Herren, was ist? Glaubt ihr denn, für euch wird es eine Ausnahme geben? Wenn ihr jetzt nicht mit Herrn Unterhauser nach Salzburg mitfahrt, wo ihr eine Arbeit und Unterkunft bekommt, müsst ihr leider in die Zentralaufnahme übersiedeln, denn ihr seid schon über 18. In unserer Wohngemeinschaft könnt ihr nicht bleiben."

Rahim wagte es aufzumucken: „Glauben Sie nicht, dass sich der Herr von der Polizei für die Abende im Gästehaus interessiert? Sollen wir ihm etwas davon erzählen?"

„Gerne, mein lieber Rahim. Das wird ihm gefallen. Vielleicht kannst du ihm noch etwas Neues erzählen, was ich mit ihm noch nicht besprochen habe. Ich lasse dich gerne zu ihm bringen, nachher kannst du dann in die Zentralaufnahme weiterfahren. Auf jeden Fall solltest du deine Sachen zusammenpacken, sonst werden sie später unter den anderen verteilt, denn du kommst auf keinen Fall hierher zurück."

Rahim ließ den Kopf hängen, ebenso wie Omar und Hamed. Michel Aziz' Abwesenheit über Nacht hatte sie in den kühnsten Phantasien schwelgen lassen. Seine Rückkehr hatte ihre Träume wie Seifenblasen zerplatzen lassen. In die Zentralaufnahme tief im Wald wollten sie auf keinen Fall übersiedeln.

Sehr viele Habseligkeiten hatten sie nicht zu packen und nach wenigen Minuten waren sie im Hof versammelt, um von der Wohngemeinschaft Abschied zu nehmen. Ein kurzes Nicken genügte, denn erstens waren diese Mini-Despoten bei den anderen nicht beliebt und außerdem würde wieder mehr Platz für alle vorhanden sein.

Martin Unterhauser nahm die neuesten Freiwilligen

unter seine Fittiche, begrüßte sie freundlich und ver-
frachtete sie in den Kleinbus Richtung Gut Gnadenhof.

Wie der Anfang, so das Ende

Hieronymus

So kam es, dass ein glücklicher Michel Aziz weiterhin seinen Pflichten in der Betreuung unbegleiteter minderjähriger Flüchtlinge nachgehen konnte. Er erhielt einen Besuch von seinem neuen Vorgesetzten, Pater Ivo, der mit ihm das Gästehaus inspizieren wollte, ob die Vorwürfe eines gehobenen Luxus und sinnloser Verschwendung gerechtfertigt wären.

Pater Ivo holte Michel Aziz in der Wohngemeinschaft ab und ließ sich von diesem den Weg zum Gästehaus zeigen. Er sperrte erwartungsvoll die Eingangstür auf und stellte zufrieden fest, dass er das Haus selbst nicht besser hätte einrichten können.

„Mein lieber Aziz, ich finde alles hier äußerst zweckmäßig und gar nicht übertrieben. Es kommt meinen Vorstellungen über die künftige Nutzung sehr entgegen. Was haben wir denn da Schönes in dieser geschmackvollen Hausbar?"

Michel Aziz atmete auf, mixte zwei Negroni an der Bar und stieß mit Pater Ivo auf eine zufriedenstellende Zusammenarbeit in der Zukunft an. Er vergaß dabei auch nicht zu erwähnen, dass in der Filoxenia sehr hoffnungsvoller Nachwuchs betreut würde.

Zur gleichen Zeit saß ein völlig entmutigter Pater Hermann in der Waldviertler Abgeschiedenheit seines

Schweigeklosters und öffnete mit klammen Fingern das Schreiben der Bundespolizeidirektion Wien, die ihn zu einem abschließenden Gespräch lud.

Major Siegfried Wagner, dessen Frustration nur kurzzeitig angehalten hatte, wählte entschlossen Jacquelines Telefonnummer und war der Ansicht, dass ein Wochenende mit ihr am Neusiedler See – in einer plüschfreien Zone – das geeignete Tonikum für sein Seelenkostüm und seine Dienstauffassung wäre.

Evelyne nahm sich vor, den guten Siggi bei nächster Gelegenheit anzurufen und die Zeit bis dahin mit dem dienstbaren Lückenbüßer Tristan zu verkürzen, falls nicht ein wichtiger, ihr wohlgefälliger Klient dazwischenkäme.

Aber darüber wird noch zu berichten sein.

Mehr spannendes, unterhaltsames Lesevergnügen,
interessante Sachbücher sowie
unser gesamtes Verlagsprogramm finden Sie auf

www.rgverlag.com